おいしいおはなし

台所のエッセイ集

高峰秀子 編

筑摩書房

はじめに

高峰秀子

私がまだ少女だった十歳のころ、母と私は六畳一間のアパートに住んでいた。台所は、それこそ猫の額ほどで、十銭銅貨を落しこむと十銭分のガスが出て、あとはスゥと火が消えてしまうふしぎなガス台がひとつと、小さな流しの他には調理台といえるほどのスペースも戸棚もなく、流しの上に吊られたむきだしの棚の上に、幾つかの鍋やザルが伏せられていた。が、母は流しに置いた洗い桶の上に小さなマナ板を渡して、私のお弁当用のおかずや毎日のそうざい料理をチマチマと小器用に作った。

調理に使った器具を置く場所がないから、使うそばから洗って片づけなければならない。母娘がちゃぶ台に向かいあって食事をするときには、台所はもうきちんと片づいていて、食後の汚れた皿小鉢、茶碗や箸などをすぐに洗えるようになっていた。これらの手順は、台所の狭さから強いられてしぼり出した母の智恵だったのかもしれないが、台所が常時きちんと片づいているのは子供の私にも気分がよく、そんな母をチラッと尊敬したものだった。

暑い夏の日、私が小学校か撮影所から汗ダクになってアパートに帰りつくと、流しに置かれた洗い桶に三、四個の真赤なトマトがぷかり〳〵と浮いていて、私は靴を脱ぐ間ももどかしく、ひんやりとしたトマトにかぶりついたものだった。

水道の蛇口から洗い桶にチロ〳〵と水が落ちていて、もちろん冷蔵庫などはなかったから、水がぬるまないように、という母の心遣いだったのだろう。口からアゴに雫をたらし、なりふりかまわずかぶりつくトマトは、めったに口に入らない高価なネーブルや白桃よりずっと、ずっと美味しかった。もしもあのとき、水道チロ〳〵がなくて、生ぬるいトマトだったら、私はあんなに喜んで、夢中でトマトを食べただろうか？

世間の料理の大先生がたが「料理は心で作る」ナアーンチャッテいるけれど、料理という作業はそんなにこむずかしいことではなく、ちょっとした工夫、ちょっとした心使い、つまり相手に対する愛情の有無が、味のよしあしを決めるのだ、と、私はおもっている。

私は三十歳のとき、二十九歳だった松山善三《まつやまぜんぞう》と結婚した。女の三十歳といえば当時でもかなりオバンで気がひける上に、幼児のころから映画界に入って、ひたすら馬車馬の如く働き続けてきた私は、家事などは一切したことがなく、お米のとぎかたも知らないダメ女だった。が、いったん人の女房という肩書きがついたからには、台所へは入りません、で済むわけがない。折角獲得した大切な亭主のために、せめて毎日の食事を作ることと、健康管理だけはしっかりやろう、と、心に決めた。

とはいっても、当時の私はまだ女優を続けていたから、料理の本をゆっくりとひもといたり、調理学校などに通うヒマもなかった。

さいわい、女優という職業柄、仕事の関係でレストランや料亭へ行く機会が多い。そんなとき私はなるべく調理場に近いカウンターに席をとってもらい、コックや板さんの手もとを覗きこみ、真似の出来そうな一品があれば、家に帰って早速に作ってみた。

レタスは必ず手で千切ること。

だし巻き卵にはたっぷりの出汁《だしじる》を加えること。

大根おろしは食べる直前におろすこと。

砂糖の代りに使う甘味には氷砂糖やみりんがあること……。

「そんなことは誰でも知ってるよ」と言われそうだけれど、そんなことのその字も知らない新米女房の私にとってはなにもかもが勉強になり、そして楽しかった。当時のわが家にはお手伝いが三人いたが、自分が作れもしない料理を彼女らに作れ、とは言えないし、主婦の私が目の前で実際に作ってみせればただちに納得して言うことをきいてくれた。何人かのコックさんや板前さんのおかげで、どれほど助かったかしれなかった。

ところが、結婚後、半年も経たぬ内に、私は大きな壁にブチ当って、戦意喪失、意気消沈することになる。それは、お宝亭主が途方もなく頑固な偏食人間であることを知ったからだった。そういえば、結婚したとき、彼はヘンに真面目な顔をして「お願いがあります。一生、タクワンだけは食べさせないでください。ボク、キライなんです」と言ったことがあったっけ、そのとき私は「ハイ、分りました」と、いと無造作に答えた。「一生タクワンを食べないからといって死ぬわけじゃなし、彼がキライだと言うのだから、そのくらいのおつきあいはしますよ」という軽い気持だったのだ。ところが、ことはタクワンのみで止まらなかった。梅干をはじめとして、味《み》噌《そ》漬《づけ》、奈良漬、ヌカ漬、塩漬、福神漬など、とにかく漬物と名のつくものはいっさい受けつけない。その他のものも、

筋子は小さく刻めば許せるけど、大きいのは気味が悪い。

マグロの厚切りなんて、ありゃキザだ。

カマボコは好きだけれど、サツマ揚げは食べない。

アライはイヤだ。鯉こくもダメだ。

と、いやもううるさいのうるさくないの。キライなものを聞くより、好きなものだけ聞いたほうが早いくらいで、レパートリーはいっこうに広がらない。が、キライなものはキライなのだからいたしかたなく、私は彼の許容範囲ギリ〳〵のところで、漬物ぬきのお弁当を作り続け、大好物だというだし巻き卵の上に、ある日は大根おろし、ある日はみじん切りのあさつきを乗せたり、卵にみじん切りの松茸や焼きあなごを巻きこんだりして、涙ぐましい努力をしてきた。ただ、世の男性はとかく野菜サラダが苦手のようだけれど、テキは丑年《うしどし》のせいか洗面器一杯ほどのサラダをムシャ〳〵と平らげる。油はヴァージンオリーヴオイルとサラダオイルの半々。酸味はレモンかベルサミコを少々。そこへタバスコ、タイム、エストラゴンやオレガノ、ガーリックなどの香辛料をしっちゃかめっちゃかにブチこんで塩胡椒で味をつける。たまにはマヨネーズをチラリとかくし味に入れることもある。醬油やゴマ入りの和風ドレッシングはお嫌いなので絶対に作らない。イヤといったらイヤなのだ。

馴れ、というものはおそろしいもので、私が作るドレッシングにすっかり馴れた彼は、レストランのサラダを見向きもしなくなった。「スッパイ」「汚ない」というのがその理由である。上等のレストランのレタスやキュウリが汚ないはずがなく、これも彼一流の独断にほかならないが、とにかく、毎日のように食べる大量の生野菜のおかげで、彼は七十余歳の今日まで生きてこられたのではないか？　と、私は思っている。

馴れる、といえば、結婚後二、三年のころだったろうか「今日は久し振りにおふくろのカレーライスを食ってくる。おふくろのカレーは美味いんだァ」と、喜々として横浜の実家へ出かけていった彼が、冴えない顔で帰ってきた。「おふくろさんのカレー、美味しかった？」と聞いた私に、彼はたった一言「赤ん坊のウンチみたいだった」と呟いた。彼は、女房が作る香辛料たくさんの、飛び上るほど辛いカレーの味にすっかり馴れてしまっていたのだった。私はおもわず「やったァ」とVサインを出したくなったが、いや、待てよ、「美味しい不味い」と、単なる「馴れ」とは別のこと、私のカレーをホメてくれたわけじゃない、と気がついて、上げかけた手をひっこめた。

私たちの結婚生活は、四十余年になる。私は七十五歳の古狸女房になり果て、もともとぶっきらぼうな性格だったが、いまや色気もソッ気もなくなって、残っているのはわずかな、それも細々とした食慾のみになったのは、ホント、情ない。何か一品……と台所に立っても気持に体力がついてゆかないのがじれったい。もう、そうなったら、なにかの形で食べものが登場するおいしそうな文章を読んで楽しむより他はない。「おいしいおはなし」に登場してくださった著者のみなさまの全員が、私の知人、友人というわけではなく、全くおめにかかったことがない方もおられるけれど、これも一方的だが、日頃から私がそこはかとなく関心と好意をよ﹅せ﹅さ﹅せ﹅ていただいている方ばかりである。私は常々、自分の職務をシッカリとやれる人は、食べものに対してもシッカリとした舌と見識を持っているし、食べものに情熱をかたむける人は、仕事に対しても猛然と情熱を燃やす人だ、と信じている。

食べものに関しては、食べ上手と食べさせ上手の二種類があるけれど、もし、読ませ上手という言葉があるならば、こんなにおいしい文章が書ける著者のみなさま方は、読ませ上手の達人だ、と、舌なめずりをしながら楽しませていただいた。

著者のみなさま、そして、繁雑な作業の数々を、いつもニコ〳〵しながらこなしてくださった光文社文庫の丑山佐千男さんに、感謝をいたします。

ありがとうございました。

目次

おいしいおはなし——台所のエッセイ集

食らわんか

向田邦子

親ゆずりの〝のぼせ性〟で、それがおいしいとなると、もう毎日でも食べたい。

新らっきょうが八百屋にならぶと、早速買い込んで醬油漬けをつくる。わが家はマンションで、ベランダもせまく、本式のらっきょう漬けができないので、ただ洗って水気を切ったのを、生《き》醬油《じょうゆ》に漬け込むだけである。二日もすると食べごろになるから、三つ四つとり出してごく薄く切って、お酒の肴《さかな》やご飯の箸休めにするのである。化学調味料を振りかけたほうがおいしいという人もいるが、私はそのままでいい。

外側が、あめ色に色づき、内側にゆくほど白くなっているこの新らっきょうの醬油漬けは、毎年盛る小皿も決っている。大事にしている「くらわんか」の手《て》塩皿《しおざら》である。「くらわんか」というのは、食らわんか、のことで、食らわんか舟からきた名前である。

江戸時代に、伏見・大坂間を通った淀川を上下する三十石舟の客船に、小さい、それこそ亭主が漕いで、女房が手づくりの飯や惣菜を売りに来た舟のことを言うらしい。「食らわんか」と、声をかけ、よし、もらおうということになると、大きい船から投げおろしたザルなどに、厚手の皿小鉢をいれ商いをしていたらしい。言葉遣いも荒っぽく、どうやらもぐりだったらしいが、大坂城を攻めたときに徳川家康方の加勢をしてなにか手柄があったらしい。そんなことからお目こぼしにあずかっていた、と物の本にも書いてある。

この食らわんか舟は、飯や惣菜だけでなく、もっと白粉《おしろい》臭い別のものも「食らわんか」というようになったというが、そっちのほうは私には関係ない。この連中が使った、落としても割れないような、丈夫一式の、焼き物が、食らわんか茶碗などと呼ばれて、かなりの値段がつくようになってしまった。汚れたような白地に、藍《あい》のあっさりした絵付けが気に入って、五枚の手塩皿は、気に入った季節のものを盛るとき、なくてはならないいれものである。

「食らわんか」ではじまったから言うわけではないが、どうも私は気取った食べものは苦手である。ほかのところでは、つまり仕事のほうや着るもの、言葉遣いなどは、多少自分を飾って、気取ったり見栄をはったりして暮している。せめてうちで食べるものぐらいは、フォアグラに衿を正したり、キャビア様に恐れ入ったりしないで食べたい。

ついこの間、半月ばかり北アフリカの、マグレブ三国と呼ばれる国へ遊びにいった。チュニジア、アルジェリア、モロッコである。オレンジと卵とトマトがおいしかったが、羊の匂いと羊の肉にうんざりして帰ってきた。

日本に帰って、いちばん先に作ったものは、海苔弁である。

まずおいしいごはんを炊く。

十分に蒸らしてから、塗りのお弁当箱にふわりと三分の一ほど平らにつめる。かつお節を醤油でしめらせたものを、うすく敷き、その上に火取《ひど》って八枚切りにした海苔をのせる。これを三回くりかえし、いちばん上に、蓋にくっつかないよう、ごはん粒をひとならべするようにほんの少し、ごはんをのせてから、蓋をして、五分ほど蒸らしていただく。

もったいぶって手順を書くのがきまり悪いほど単純なものだが、私はそれに、肉のしょうが煮と塩焼き卵をつけるのが好きだ。

肉のしょうが煮といったところで、ロースだなんだという上等なところはいらない。コマ切れでいい。ただし、おいしい肉を扱っている、よく売れるいい肉屋のコマ切れを選ぶようにする。醬油と酒にしょうがのせん切りをびっくりするくらい入れて、カラリと煮上げる。

塩焼き卵は、うすい塩味だけで少し堅めのオムレツを、卵一個ずつ焼き上げることもあるし、同じものを、ごく少量のだし汁でのばして、だて巻風に仕上げることもある。ずいぶん長い間、この二とおりのどちらかのものを食べていたのだが、去年だったろうか、陶芸家の浅野陽氏の「酒呑みの迷い箸」という本を読んで、もうひとつレパートリーがふえた。

浅野氏のつくり方は、塩味をつけた卵を、支那鍋で、胡麻油を使って、ごく大きめの中華風のいり卵にするのである。

これがおいしい。これだけで、酒のつまみになる。塩と胡麻油、出逢いの味、香りが何ともいい。黄色くサラリと揚がるところもうれしくて、私はずいぶんこの塩焼き卵に凝った。

ほかにおかずもあるのに、なんでまた海苔弁と、しょうが煮、卵焼きの取り合わせが気に入ったのかといえば、答はまことに簡単で、子供の時分、お弁当によくこの三つが登場したからである。

「すまないけど、今朝はお父さんの出張の支度に手間取ったから、これで勘弁してちようだいね」

謝りながら母が瀬戸の火鉢で、浅草海苔を火取っている。

「なんだ、海苔弁？」

子供たちは不服そうな声を上げる。

こういうとき、次の日は、挽き肉のそぼろといり卵ののっかった、色どりも美しい好物のおかずが出てくるのだが、いまにして考えれば、あの海苔弁はかなりおいしかった。

ごはんも海苔も醬油も、まじりっ気なしの極上だった。かつお節にしたって、横着なパックなんか、ありはしなかったから、そのたびごとにかつお節けずりでけずった、プンとかつおの匂いのするものだった。

あのころ、ごはんを仕掛けたお釜が吹き上がってくると、木の蓋の上に母や祖母は、折りたたんだ布巾をのせた。湯気でしめらせた布巾で、かつお節を包み、けずりやすいように、しめりを与えるのである。

かつお節は、陽にすかすと、うす赤い血のような色に透き通り、切れ味のいいカンナにけずられて、みるからに美しいひとひらひとひらになった。なんでも合成品のまじってしまった昨今では、昔の海苔弁を食べることはもう二度とできないだろう。

ひとりの食卓で、それも、いますぐに食べるというときは、お弁当にしないで、略式の海苔とかつお節のごはんにするのだが、これに葱《ねぎ》をまぜるとおいしい。

葱は、買いたての新鮮なものを、白いところだけ、一人前二センチもあれば十分である。よく切れる包丁で、ごくうすく切る。それを、さらさないで、醬油とかつお節をまぶし、たきたてのごはんにのせて、海苔でくるんでいただくのである。あっさりしていて、とてもおいしい。

風邪気味のときは、葱雑炊というのをこしらえる。

このときの葱は、一人前三センチから五センチはほしい。うすく切り、布巾に包んで水にさらす。このさらし葱を、昆布とかつお節で丁寧にとっただし（塩、酒、うす口醬油で味をととのえる）にごはんを入れ、ごはん粒がふっくらとしたところで、このさらし葱をほうり込み、ひと煮立ちしたところで火をとめる。とめ際に、大丈夫かな？　と心配になるくらいのしょうがのしぼり汁を入れるのがおいしくするコツである。

ピリッとして口当りがよく、食がすすむ。体があったまって、いかにも風邪に効く、という気がする。風邪をひくと、私は、おまじないのようにこの葱雑炊をつくり、あたたまって早寝をする。大抵の風邪はこれでおさまってしまう。

十年ほど前に、少し無理をしてマンションを買った。

気持のどこかに、うちを見せたい、見せびらかしたいというものが働いたのであろう、あのころの私はよく人寄せをして嬉しがっていた。

今ほど仕事も立て込んでいなかったから、まめに手料理もこしらえ、これも好きで集めている瀬戸物をあれこれ考えて取り出し、たのしみながら人をもてなした。

もてなした、といったところで、生れついての物臭さと、手抜きの性分なので、書くのもはばかられるほどの、献立だが。そのころから今にいたるまで、あきたかと思うとまた復活し、結局わが家の手料理ということで生き残っているものは、次のものである。

若布《わかめ》の油いため

豚鍋

トマトの青じそサラダ

海苔吸い

書くとご大層に見えるが、材料もつくり方もいたって簡単である。

少し堅めにもどした若布（なるべくカラリと干し上げた鳴門《なると》若布がいい）を、三センチほどに切り、ザルに上げて水気を切っておく。

ここで、長袖のブラウスに着替える。ブラウスでなくてもTシャツでもセーターでもいい。とにかく、白地でないこと、長袖であることが肝心である。大きめの鍋の蓋を用意する。これは、なるべくなら木製が好ましいが、ない場合は、アルマイトでも何でもよろしい。

次に支那鍋を熱して、サラダ油を入れ、熱くなったところへ、水を切ってあった若布をほうり込むのである。

物凄い音がする。油がはねる。

このときに長袖が活躍をする。

左手で鍋蓋をかまえ、右手のなるべく長い菜箸《さいばし》で、手早く若布をかき廻す。若布はアッという間に、翡翠色に染まり、カラリとしてくる。そこへ若布の半量ほどのかつお節（パックのでもけっこう）をほうり込み、一息入れてから、醬油を入れる。

二息三息して、パッと煮上がったところで火をとめる。

これは、ごく少量ずつ、なるべく上手《じょうて》の器に盛って、突き出しとして出すといい。

「これはなんですか」

おいしいなあ、と口を動かしながら、すぐには若布とはわからないらしく、大抵のかたはこう聞かれる。

一回いしだあゆみ嬢にこれをご馳走したところ、いたく気に入ってしまい、作り方を伝授した。

次にスタジオで逢ったとき、

「つくりましたよ」とニッコリする。

「やけどしなかった？」とたずねたら、あの謎めいた目で笑いながら、黙って、両手を差し出した。

白いほっそりした手の甲に、ポツンポツンと赤い小さな火ぶくれができていた。

長袖のセーターは着たが、鍋の蓋を忘れたらしい。

鍋の蓋をかまえる姿勢をしながら、私は、この図はどこかで見たことがあると気がついた。

子供の時分に、うちにころがっていた講談本にたしか塚原卜伝《つかはらぼくでん》のはなしがのっていた。

卜伝がいろりで薪をくべている。

そこへいきなり刺客が襲うわけだが、卜伝は自在かぎにかかっている鍋の蓋を取り、それで防いでいる絵を見た覚えがある。それで木の蓋にこだわっていたのかもしれない。

豚鍋のほうは、これまた安くて簡単である。

材料は豚ロースをしゃぶしゃぶ用に切ってもらう。これは、薄ければ薄いほうがおいしい。

透かして新聞が読めるくらい薄く切ったのを一人二百グラムは用意する。食べ盛りの若い男の子だったら、三百グラムはいる。それにほうれん草を二人で一把。

まず大きい鍋に湯を沸かす。

沸いてきたら、湯の量の三割ほどの酒を入れる。これは日本酒の辛口がいい。できたら特級酒のほうがおいしい。

そこへ、皮をむいたにんにくを一《ひと》かけ。その倍量の皮をむいたしょうがを、丸のままほうりこむ。

二、三分たつと、いい匂いがしてくる。

そこへ豚肉を各自が一枚ずつ入れ、箸で泳がすようにして（ただし牛肉のしゃぶしゃぶより多少火のとおりを丁寧に）、レモン醬油で食べる。それだけである。

レモン醬油なんぞと書くと、これまた大げさだが、ただの醬油にレモンをしぼりこんだだけのこと。はじめのうちは少し辛めなので、レンゲで鍋の中の汁をとり、すこし薄めてつけるとおいしい。

ひとわたり肉を食べ、アクをすくってから、ほうれん草を入れる。このほうれん草も、包丁で細かに切ったりせず、ひげ根だけをとったら、あとは手で二つに千切り、そのままほうりこむ。これも、さっと煮上がったところでやはりレモン醤油でいただく。

豆腐を入れてもおいしいことはおいしいが、私は、豚肉とほうれん草。これだけのほうが好きだ。

あとにのこった肉のだしの出たつゆに小鉢に残ったレモン醤油をたらし、スープにして飲むと、体があたたまっておいしい。

これは、不思議なほどたくさん食べられる。豚肉は苦手という人にご馳走したら、誰よりもたくさん食べ、以来そのうちのレパートリーに加わったと聞いて、私もうれしくなった。何よりも値段が安いのがいい。スキヤキの三分の一の値段でおなかいっぱいになる。

トマトの青じそサラダ、これもお手軽である。トマトを放射状に八つに切り、胡麻油と醤油、酢のドレッシングをかけ、上に青じそのせん切りを散らせばでき上がりである。

にんにくの匂いを、青じそで消そうという算段である。

このサラダは、白い皿でもいいが、私は黒陶の、益子《ましこ》のぼってりとした皿に盛りつけている。黒と赤とみどり色。自然はこの三つの原色が出逢っても、少しも毒々しくならずさわやかな美しさをみせて食卓をはなやかにしてくれる。

酒がすすみ、はなしがはずみ、ほどたったころ、私は中休みに吸い物を出す。これが、自慢の海苔吸いである。

だしは、昆布でごくあっさりととる。

だしをとっている間に、梅干しを、小さいものなら一人一個。大なら二人で一個。たねをとり、水でざっと洗って塩気をとり、手でこまかに千切っておく。

わさびをおろす。海苔を火取って（これは一人半枚）、もみほごしておく。気の張ったお客だったら、よく切れるハサミで、糸のように切ったら、見た目もよけいにおいしくなる。

なるべく小さいお椀に（私は、古い秀衡《ひでひら》小椀を使っている）、梅干し、わさび、海苔を入れ、熱くしただしに、酒とほんの少量のうす口で味をつけたものを張ってゆく。

このときの味は、梅干しの塩気を考えて、少しうす目にしたほうがおいしい。

この海苔と梅干しの吸い物は、酒でくたびれた舌をリフレッシュする効果があり、上戸下戸《じょうごげこ》ともに受けがいい。

ただし、どんなに所望されても、お代りをご馳走しないこと。こういうものは、もういっぱいほしいな、というところで、とめて、心を残してもらうからよけいおいしいのである。

ありますよ、どうぞどうぞと、二杯も三杯も振舞ってしまうと、なあんだ、やっぱり梅干しと海苔じゃないか、ということになってしまう。ほんの箸洗いのつもりで、少量をいっぱいだけ。少しもったいをつけて出すところがいいのだ。

十代は、おなかいっぱい食べることが仕合せであった。二十代は、ステーキとうなぎをおなかいっぱい食べたいと思っていた。

三十代は、フランス料理と中華料理にあこがれた。アルバイトにラジオやテレビの脚本を書くようになり、お小遣いのゆとりもでき、おいしいと言われる店へ足をはこぶこともできるようになった。

四十代に入ると、日本料理がおいしくなった。量よりも質。一皿でドカンとおどかされるステーキより、少しずつ幾皿もならぶ懐石料理に血道を上げた。

だが、おいしいものは高い。

自分の働きとくらべても、ほんの一片食《ひとかたけ》のたのしみに消える値段のあまりの高さに、おいしいなあと思ってもらした感動の溜息よりも、もっと大きい溜息を、勘定書きを見たときつくようになってしまった。このあたりから、うちで自分ひとりで食べるものは、安くて簡単なものになってしまった。

大根とぶりのかまの煮たもの

小松菜と油揚げの煮びたし

貝柱と蕗の煮たもの

閑があると、こんなものを作って食べている。そして、はじめに書いたように、海苔とかつお節。梅干し。らっきょう。

友達とよく最後の晩餐というはなしをする。

これで命がおしまいということになったとき、何を食べるか、という話題である。フォアグラとかキャビアをおなかいっぱい食べたいという人もいるらしいが、私はご免である。フォアグラもおいしいし、キャビアも大好きだが、最後がそれでは、死んだあとも口中がなまぐさく、サッパリとしないのではないだろうか。

私だったら、まず、煎茶に小梅で口をサッパリさせる。

次に、パリッと炊き上がったごはんにおみおつけ。

実《み》は、豆腐と葱でもいいし、若布、新ごぼう、大根と油揚げもいい、茄子のおみおつけもおいしいし、小さめのさや豆をさっとゆがいて入れたのも、歯ざわりがいい。たけのこの姫皮のおみおつけも好物のひとつである。

それに納豆。海苔。梅干し。少し浅いかな、というくらいの漬け物。茄子と白菜。たくあんもぜひほしい。

上がりに、濃くいれたほうじ茶。ご馳走さまでしたと箸をおく、と言いたいところだが、やはり心が残りそうである。

あついごはんに、卵をかけたのも食べたい。

ゆうべの塩鮭の残ったのもあった。

ライスカレーの残ったのをかけて食べるのも悪くない。

よけいめに揚げた精進揚げを甘辛く煮つけたのも、冷蔵庫に入っている。あれも食べたい。友人から送ってきた若狭《わかさ》がれいのひと塩があった。あれをさっとあぶって――とキリがなくなってしまう。

こういう節約《しまつ》な食事がつづくと、さすがの私も油っこいものが食べたくなってくる。豚肉と、最近スーパーに姿を見せはじめたグリンピースの苗を、さっといため合わせ、上がりにしょうがのしぼり汁を落として、食べたいなどと思ったりする。

こういう熱心さの半分でもいい。エネルギーを仕事のほうに使ったら、もう少し、マシなものも書けるかもしれないと思うのだが、まず気に入ったものをつくり、食べ、それから遊び、それからおもしろい本を読み、残った時間をやりくりして仕事をするという人間なので、目方の増えるわりには、仕事のほうは大したことなく、人生の折り返し地点をとうに過ぎてしまっている。

仏陀《ぶつだ》のラーメン

沢木耕太郎

食物に関する好き嫌いはほとんどない。これさえあれば他に何もいらないという物もないかわりに、食卓に出されて手をつけかねるといった物もない。腹が空いていれば何でもおいしく感じられるはずだというごく旧式な信条の持主であり、しかもいつでも腹は空いているから常に食べる物がおいしいということになる。

だから「味」については何かを述べる資格もないし、またその勇気もない。友人が、若いわりにさまざまな「味」について一言も二言も持っているのを知ると、なかば感心しなかば呆れつつ御説を拝聴しているばかりなのである。誰がどんな新説、奇説、怪説を述べようと比較的おとなしく聞いているのだが、しかし、中にはできることならあまり耳にしたくないセリフというものもないではない。

ドコソコのナントカ屋のナニナニはとてもうまい、というのは構わない。それは個人の嗜好の領域に属する問題であり、時にはその感動の表白であるからだ。やりきれないのは、ナニナニはドコソコのナントカ屋でなければならぬ、といった類いのものいいである。そういったセリフを聞くと、へえそうですか、それは結構でした、せいぜいナントカ屋以外の店でナニナニを食べないようにしてやってください、というような一言をさしはさみたくなる。世の中には自分の知らぬ世界があり、自分よりはるかに経験をつんだ凄い人物がいるはずだという、いわば世間に対する畏怖の念を喪失してしまったこのような横柄なもののいいには、子供の頃よく使った「知ったかぶりで」という半畳を入れてみたくなるのだ。

もちろん、私にだって食物との感動的な出会いがなかったわけではない。ただ、それがドコソコのナントカ屋のナニナニという形をとらなかっただけのことだ。もし私が、最も印象的な「食物との遭遇」の経験を挙げよといわれれば、一も二もなくラーメンとの遭遇と答えるだろう。Cup《カップ》 Noodle《ヌードル》 という名の即席ラーメンとの遭遇、と。

日本を離れユーラシア大陸の外縁を大した目的もなくうろついていた一時期、しばしばというのではなかったが、私にも日本の食物を恋しく思うことがあった。しかし意外なことに、そこで思い浮かべる食物といえば、鮨、天麩羅、すきやき、うなぎ、味噌汁、漬物といった、いわゆる日本風の物ではなかった。たとえば、インドを歩いていた時、私が痛切に食べたいと望んでいたもののひとつは、カレーだった。カレーの本場であるインドで、私は日本のカレーを恋しく思っていたのだ。

インドでは、地方によってかなりの差異はあったが、どこの土地の料理もそれなりにおいしいものだった。米が冷たくポロポロだということを除けば、どんな田舎の、たとえ四本の柱と屋根だけしかないような食堂のカレーでも、私には満足だった。しかし、インドのカレーは、カレーであってカレーでなかった。私には、大量の香料を使った野菜煮込み汁とでもいうべきものでしかなかった。あの、日本の、温かい御飯の上にかける、とろりとしたカレーではなかったのだ。インドのカレーを食べつつ、そしてそれに深く満足しつつ、しかし同時に、日本に帰化した外国料理としてのカレーをたまらなくなつかしく思っていた。

インドで、カレーと同じように、あるいはそれ以上に食べたかった物に、ラーメンがあった。私は、そのラーメンと、インドのブッダガヤでかなり劇的に遭遇したのだ。

ブッダガヤで知り合った此経啓助《このつねけいすけ》さんと、サマンバヤのアシュラムで生活を共にし、やがて子供たちと別れ、再びブッダガヤに戻ってきた時のことだった。此経さんはビルマ寺に、私は日本寺に転がり込み、またのんびりとした生活が始まりそうだった。アシュラムでの生活は信じられないくらいに牧歌的なものだったが、そこから再びブッダガヤに戻ってきた時、ホッとしたことも確かであった。子供たちの中で、子供たちと同じように働き、子供たちと同じ物を食べる。それに不満があるはずもなかったが、どこかで無理をしていたのかもしれない。

不意に何もすることがない日常に連れ戻されてしまった此経さんと私は、ある日、日本寺の縁側に寝そべりながら、言葉もなく空を見上げていた。

「あーあ」

と此経さんが溜息をついた。

「あーあ」

と私も溜息をついた。此経さんがどんな哲学的な煩悶《はんもん》によって溜息をついたのかはわからなかったが、私はごくつまらないことで溜息をついていたのである。私は溜息につづいてそのつまらない「煩悶」をいささか恥入りつつ口に出した。

「ラーメンが喰いてえ」

すると此経さんが頓狂な声を挙げた。

「ほんと！　ぼくもまったく同じことを考えてたんだ」

味噌ラーメンとか塩ラーメンとかいうのではなく、オーソドックスな醬油味のラーメンが食べたかった。

あるいはその夕方の勤行《ごんぎょう》の時、私は般若心経をとなえながらよほど一心にラーメン、ラーメンと念じつづけていたのかもしれない。日本寺にやっかいになる以上、朝と夕のおつとめには参加しないわけにはいかないのだが、私は義務という以上に真面目にお経をあげていた。その功徳であったのだろう、翌日、此経さんが日本寺に駆け込んできて、叫んだ。

「ラーメン！」

見れば手に円筒の白い容器がある。聞けば、サマンバヤのアシュラムへ一緒に行った農大生が、もう日本に帰るばかりだからとひとつ分けてくれたのだという。二人は喜びいさんでビルマ寺の此経さんの部屋に戻り、調理にかかった。Cup Noodle と書かれた容器を大事そうにテーブルに置き、火をおこした。日本からはるばるやってきた麵に、ヒマラヤ山中から流れついたに違いない水をわかした湯を注ぎ、インドの大地に育った青菜を加え、土鍋でしばし煮た。かくして大調理の果てに、二つの椀にはわずかだがラーメンらしきものが盛られることになったのである。二人は言葉も発せず、ゆっくりと、おしみおしみそれを食べた。

それにしても、私たち、少なくとも私にとって、異国にあってなつかしく思い起こす食物が、いわゆる純日本風の物ではなく、無国籍風の、帰化した外国料理であったということは、かなり象徴的な現象であるに違いない。カレーやラーメンの中にこそ私たちの日本食が存在するとすれば、それは単に食物ばかりでなく、文化一般についても当てはまるのではないか……とここまで書いてきて、このささやかな発見もすでにどこかで誰かがいっていたような不吉な予感がしはじめてきた。思いついて、小田《おだ》実《まこと》の『何でも見てやろう』の最終章を読み返してみると、案の定こう書いてある。

《何を食ってもうまくないアメリカで私が恋しく思ったのは、スシやナメコのミソ汁ではなくて、東京のビフテキであり海老フライでありサラダであり、もう一つ言えば、ラーメンであった》

すでに二十年前に気がつき、そこからひとつの文化論を展開した人がいたのだ。「知ったかぶり」でオソマツな日本文化論などひけらかすのはやめた方がよさそうだ。「知ったかぶり」は食談ばかりでなく何事につけ、格好がよくないものなのだ。

しかし、とにかく、あの時の即席ラーメンがおいしかったことだけは確かである。

最近、ビザの都合で一時帰国し、少年との生活記録を『アショカとの旅』という印象深い本にまとめたばかりの此経さんと、東京で再び会うことができた。

此経さんは、うなぎ屋というごく日本的な食物屋に居候を決めこんでいたが、そこの御主人の日本食をごちそうになり、日本酒を呑みつつ、二人で声をそろえて叫んだ

のは、

「あのカップ・ヌードルほどうまいものはなかったなあ」

という、かなり罰当たりなセリフだった。

食べることは排泄と同じ

北野　武

映画の監督というのは、やればやるほどハングリーになってくるね。一作目は、映画を撮れただけでよかった。二作目になると、少し評価が欲しいと思ったりする。それで今度三作目（91年10月19日公開の『あの夏、いちばん静かな海』）を撮ったんだけど、いまはもうちょっとおカネをかけて大きなことがやりたくなってるの。だんだん欲求不満になってくるね。

ロケのあいだは、食べないときが多かった。一日一食とか。仕出し屋さんが来たり、お弁当を買ってきてくれたりするんだけど、どうももたれそうでね。

映画での食事のシーンというのも、おれは好きじゃなくてね。何年か前の『汚れた英雄』という日本映画で、草刈正雄《くさかりまさお》が外人のモデルみたいな女に花をいっぱい贈って食事をする場面があるんだけど、こういうのを貧乏くさいというんだなと思った。そういう行為がすばらしいことだと思っている、その貧相さがたまんないんだよね。おれ、排泄行為と、そのもとになる食べ物を口の中に入れるという行為は、ほとんど同じだと思ってるんですよ。なんか下司《げす》なような気がしてね。食事をしながらインタビューされたり、「この味はどうですか」なんて訊かれるの、仕事だからやることあるけれど、すごいつらいなと思う。

子供のとき、弁当を食べてるのを隠してたやつの気持ちが、よくわかるんだよね。あれは、おかずがセコイからという話じゃないんじゃないかな。

だから好きな女とめし食いに行くの、つらいところがあるよね。だから先に酔っぱらっちゃうの。何にも食べないで、酒ばっかし飲んでる。食べんのいやなんですよ。格好悪い。人前で口あけて物を嚙むというのは、どうもダメですね。それで先に酔ってぐずぐずになって、急にヤラセロなんて言っちゃったりして(笑)、必ず失敗して帰ってくる。緊張感に耐えられなくなっちゃうんだね。

食べることもそうだけど、人間が生きなきゃいけないためにする行為というのが、どうも好きじゃないんですよ。せめてそうした部分だけでも、人間はほかの動物とは違うんだというところがないとね。食べたいものを食べないとか、セックスしたくてもしないとか、眠りたいのに眠らないとか、そういうふうに自分に課すことで、人間も動物的なところから少しは解放されるんじゃないかな。いろんな宗教に断食があるのも、ようするに動物と同じにならないために、食事をやめるということなんだと思うんですけどね。

むかしテレビで森繁《もりしげ》（久彌《ひさや》）さんの『七人の孫』というドラマがあって、あれを初めて見たときは、なんて家族だと思ったですね。みんな食事しながらしゃべってるから、これは堕落してる、ひどい家族があったもんだと思ったけど、友達のところに行ったりすると、食事しながら平気でしゃべってるんだよね。おれんちだけ特殊だったというのに、なかなか気がつかなかった（笑）。

子供のころは、板の間に正座でひとこともしゃべらずに、儀式みたいな感じでただ黙々と食べて五分くらいで済ませるという感じだったから。おかずもほとんどないしね。みそ汁とごはんと一品、コロッケ二つとかあるだけで、それを黙々と食べさせられた。箸の使い方でもおふくろに異常に怒られてたし、そういう感じでずっときちゃったんで、中学くらいまではおふくろの前でごはん食べるのは緊張したね。最近は、変な箸の使い方をして、これは下品になったと、ふと思うんだけど。

とにかく子供のときは、こっちが食べたいものを一切食べさせてくれなかったからね。トウモロコシとかスイカとかダメなんです。モモなんかも、おふくろに言わせると〝水菓子〟で腹こわすからダメだって。とにかく何でも煮たり焼いたりしちゃうの。マグロの刺し身も煮ちゃうんだから(笑)。というのは、うちのおふくろがむかしの男爵みたいな家《うち》に奉公してたのよ。そこは資産家なんだけど厳しくて、子供におカネはあげないし好きなものも食べさせない。それが身に染みついてるから、おふくろは自分の子供たちにも同じ教育をしようとしたんだね。

でも煮たり焼いたりというのは、いま考えたら料亭で出てくる料理なんだよね。料亭でうまいなと思って食べて、それでたまに家《うち》に帰って、おふくろにめしを作らせると、同じようなものが出てくるから、なんだこれをむかしから食ってたんだなと思ってね。よかったと思って。子供のときは、いやでしょうがなかったんだけどね。

おふくろにすごく言われてたのは、食べものを残すなというのと、出されたごはんに文句を言うなということ。だから、おれ、ごはんに対して文句は一回も言ったことない。はっ倒されたからね、おふくろに。

小さいころは、月に一回デパートの食堂に行くのが、相当の贅沢というかイベントだったんですよ。何か買ってくれるわけじゃなくて、ただデパートに連れていってくれるというのがたいしたことだったんだね。おやじは、まあ行かないけど、おふくろときょうだいで浅草松屋とか京成聚楽に行って、五目そばとか一品だけ食べて帰ってくるの。

あの月一回の贅沢というのは、異常に覚えてるよ。家《うち》でおれがいたずらなんかすると、「そば食べに連れていかないよ」なんておふくろに言われてさ。だから京成聚楽の前を通ると、こわしたくなるの（笑）。だってね、スパゲッティの隣りにカツ丼が置いてあって、その横に寿司が並んでるわけでしょう。珍しいよね。あそこに行くのが夢だったんだから、情けないというか、暗い思い出で（笑）。

それに、ああいうところで、うちのおふくろは他人《ひと》に気を遣いすぎるんですよ。隣りのテーブルに人が座っているとき、おいらが何かしゃべったりすると、すぐ怒って「静かにしなさい」とか言うんだよね。だから家《うち》でも外でも、食事が楽しいと思ったことはあんまりなかった。なんか泣きながら食ってたという思い出しかないね。

おれね、子供のときから死ぬことへの恐怖って人一倍あるような気がするの。小さいころ喘息で体があんまりよくなかったし、大学のころはガンじゃないかとずっと悩んでいて、「死にたくない、死にたくない」とずっと思ってた。

それが大学をやめて浅草のストリップ劇場に行ったときに、ここでのたれ死にしたら、まあまあしょうがないと思ってね。ようするに死にざまがないといやだなという気がしたの。大学生として死ぬのはいやだけど、浅草のフランス座の売れない芸人として死ぬならまああかな、と。

「ああ、死ねる」と思ったら、それまで死にたくないと思っていた気持ちが楽になっちゃったね。だから、生きることにどう対処するか考えるよりも、死ぬことを先に考えて、いつ死ぬかわからないということを覚悟しておいたほうが、わりかし楽に生きられる方法じゃないかと思うんだけどね。

浅草時代に一回食べてみたかったのは、フグだね。そうしたら連れていってくれた人がいて、それがポール牧さん（笑）。ちょうどポールさんが売れ出してきて、「タケちゃん、おごってやるよ」とか言われて、フグ食わせてもらって、あれ以来あの人には頭が上がらない（笑）。本当にうまかった。あの人は評判が全然よくないんだけど、おれだけは悪口言うのはよそうと思ってるの（笑）。

そのうち漫才ブームが来て、いきなりカネ持っちゃったときは、わけのわかんないことしてたね。ちょうどまた仲間が、むかし貧乏だった芸人ばっかりでしょう、B&Bの洋七とかね。あいつと二人で、銀座のクラブに行ってわざわざ寿司頼んだり、ふぐ屋に行けば行ったで「肉が薄い、ぶつ切りにしろ」とか言って（笑）、バカみたいだったな。

でも、漫才で売れちゃって、他人《ひと》よりも多額のおカネをもらうようになったら、なんか罪の意識が出てきてね。大金をもらって、なおかつそのおカネをうまいもののために使ったりするのは、バチあたりじゃないかという気がしてきた。

友達とか（たけし）軍団におごるならいいんだけど、一人でうまいものを食べたり、おねえちゃんと二人きりで高そうな店で食べたりしてると、周りが気になってしょうがない。どうもバチがあたりそうでね。だから、なるたけそういうことはしないようにしてる。

たまに家《うち》に帰るときは、その前に電話しておくから、おれが帰ってくるというんで、カミさんが寿司屋に刺し身だけ届けてもらったりしてることがあるの。「おれ、こんなに食わないよ」って怒るときがあるんだけど。やっぱり、どこかで自分を規制しないと……。

いま一番くつろげる食事は、軍団と食べているときかな。なんか、みんなで恥かくならいいやというところがあって、みんなで食っちゃえば怖くない（笑）。

おれ、ごはんというのは、どうしても食べたあとで悔やんでしょうがないというところがあるの。腹いっぱい食べて酒飲んで、家《うち》に帰って寝るときに「ああ食わなきゃよかったな」と思うんだよね。食べてないと、「やった」とか「我慢した」とか思っちゃうんだな。「自分に勝った」とかわけのわかんないこと言ったりして（苦笑）。

一時、体重を72キロから62キロまで下げたことがあるんですよ。太りすぎは醜いし、普通のズボンしか入らなくなったのがいやでしょうがなくてね。それで一気にやせたんだな。おれの減量法は、ただ食わないというだけ。三日くらい食わなくて、「みろ、やせてきた」とか言って、今度はヤケクソになって急に食べる。あれはダメだね、やっぱり。

仕事でも、これはちょっと気合いを入れてしゃべらなきゃいけないなというときは、食事をしないのが一番いいね、頭がビリビリしてきて。ごはん食べたら、ボーッとして仕事にならないという感じがある。腹いっぱい食べて、仕事なんか絶対できない。

たまに家族と一緒の食事もするようにしてるんだけど、外へごはんを食べにいくと、どうしても目立つからね。「あっ、たけしだ」なんて言われるし、おれの家族が来てるのもわかっちゃうから、とにかく悪口言われないように静かにしていてくれと、子供たちには言うんだけど。

結局どうしても家族だけで個室がとれるようなところに行くことになって、これがまた、いやでしょうがないの。家の経済状態がよくなったのは、カミさんの格好を見りゃわかるわけでしょう。イライラするね。ツタンカーメンみたいな恰好しやがってるし。

（笑）。むかしは500円出すか出さないかでつかみ合いの喧嘩して、カミさんを蹴倒して500円持って出ていったのに、いまは「おカネくれ」と言うと10万くらいくれるし。

子供の食事もそれなりによくなってるから、わがままを言うわけでしょう。この子、どうなるんだろうなと思っちゃうね。十一歳の男の子と九歳の女の子なんだけど。それに対して、おれはむかしこんなものを食って育ったと言ったってさ、いまの子供に通じないもんね。いくらなんだって、コロッケ一個にみそ汁で食わせるわけにいかないもん。

出てきた食事に文句を言わないとか、ちゃんと座れとか、箸をきちんと使えとか、そういうのは、おれ、うるさく言うけどね。あとはしょうがないもんね。「こういうところで食えるのは、おれのおかげだ」と、子供の耳元でいつも呪文のように唱えてるんだ（笑）。「家《うち》に帰らないのも何もかも、おれのおかげだ、わかってるか」って（笑）。

ここのところ電話して家《うち》に帰るから、カミさんがいろんなものをいっぱい作ってるよね。一緒になったとき、料理がうまいと思ったの。よく考えたら、あれは大阪出身だから大阪の味なんだよ。薄味でね。ちゃんとだしをとるしね。

カミさんは東京のそばを醤油っぽいと言うから、おれはこれがいいんだと言って、むかしはよく喧嘩になったんだけど、よく考えたら煮物なんかいい味がするんだよね。それで一緒になったようなところもあるからね。

家《うち》で食べる食事には全然文句ない。お酒もちゃんとあるし、これだったら家《うち》で酒飲んでたほうがいいなという状態なんだけれど、それに負けちゃいけないと思うんだ。カミさんは料理つくっていて、おれはテレビ見ながら酒飲んでいて、子供は周りに座っていて、こんなに居心地のいいところはないと思うんだけど、これがダメになる原因だなと思って、また家《うち》から出ていっちゃうの（苦笑）。

なんかさ、たまに帰ると、子供が待ってましたというように学校の話をしたり、変な絵を持ってきたりして、それを「ああ、そうか」なんて聞いてやってると、頭が痛くなっちゃうときがあるよ（笑）。「どうしよう。どっかで見たシーンだな、これ」と思って（笑）。

だって家庭にいるのが一番楽しいやつは、家庭にいりゃいいんだもんね。芸人さんでもいっぱいいますよ。おれの先輩の家なんかに遊びにいくと、奥さんがいい人で、子供もいい子で、鍋料理かなんか囲んで、みんなで「お父さん、お父さん」と言って。いい家庭だなあ、でもこの人は売れないだろうなあと思うと、案の定絶対売れないいもんね。

だから、どっちを買うかというか、ね。おれは芸を買ったんだけど、その人は家庭を買ったわけだから。二つ買えないんですね。スーパースターなら二つ買っちゃうんだろうけど、ごく平凡なやつはどっちかを選ばなくちゃいけない。

よく「大変ですね」と言われますよ。家《うち》に帰らないし、カミさんも怒ってるし、子供も怒ってるし、いろんなところでおねえちゃんは怒ってるし（笑）、おふくろも怒ってるし。それで「大変ですね」と言われるから、バカやろう、大変だからおれは売れてるんじゃないかって。女房も子供もおふくろもみんな喜んでるような男が、世間に認められるわけないだろうと思うんだよね。

だから、家に帰って「このファミリーはいいな」と思うのが一番怖いというか（苦笑）、それをおれは拒否するんだけれども……。

台所育ち

幸田　文

自分の所有物はどれだけあるか、書き出してみたことがおありになりますか。書き出すほどにしないまでも、ざっとの目の子勘定ででも、自分の持物の、種類数量に気を止めてみたことがありますか。そんなつまらないことを、数えているひまはない、などといわずにちょっと考えてごらんなさいませ。案外おもしろいものです。地所山林、家倉、証券現金から鍋釜皿小鉢、靴スリッパにいたるまで、とにかく一通りずっと思ってみて下さい。こんなに沢山のものを持っていたのか、ときっとびっくりなさるでしょう。

子供のときには誰しも、たから物のように大事にしている〝自分のもの〟があり、所有意識もはっきりしていて、品名数量もそらで言えるほどよく承知しています。私も自分の財産をしっかりと知っていました。高さ、幅ともに三尺、奥行一尺五寸の浅い押入れと、本箱ひとつが私の収納庫でして、その中に入れてある財産は、リボン何本、千代紙何枚、人形いくつ、本何冊というように、いつも現在高がはっきりしていたものです。ものが少ないから、よく覚えていられたのでしょう。

それが、今の中学の年頃になると、はっきりしなくなりました。たとえば親からもらった小遣で、自分が選んで買った浴衣《ゆかた》なら、それは間違いなく自分の所有物だと思うのですが、母からあてがわれる浴衣だと、これも一応はたしかに自分のものではあるけれど、なにかどうも〝自分の所有物〟というのとはちがう気がするのです。寝具や座ぶとん、椀茶碗にしてもどれも専用ですから、自分のものです。けれどもこれらは、家具家財として考えるほうがよかろうから、私の所有物ではあるまい、というように思ったわけです。

まあ少女期から青春期に移る頃には、みんな妙な癖がでるものですが、私のこれもその時期の、滑稽というよりほかない一つの癖の現れだったと思います。けじめをつけたがる癖ですが、生知恵で押して考えようとするので、ものがみんな曖昧になってしまうのです。結局、自分の所有物とは、何のけじめをもって決めるのか、その境界線がはっきりするどころか、逆にひどくぼやけてしまったのです。で、それなりになりました。

持物のかなりこまかいメモをとったのは、結婚のときでした。さすがにもう女学生の頃のような〝自分の所有物〟だの〝私の使っている親の家財〟だのという変なことはいわず、親のはなむけてくれた品々を、素直にわがものと思い、うれしさの中にもなにか心いたみつつメモしました。

整理箪笥の中の前掛何枚、たすき紐何本。鏡台の小引出しに入れた毛ピンやネットも、文字に書き出し、数量をしるしてみると、あまりに沢山な品数に、感懐ふかいものがありました。たすきの紐などは、残ぎれで手製ですし、毛ピン一箱も安いものです。ですから、こういう小物はたいがい、ただ漠然と心に思うだけの所有品リストだと、落ちてしまうのが常のことです。心に思うだけと、メモに取るのとは、ここが違います。書いたその字が自然に考えさせてくれます——必要かつ役立つという点で、毛ピンは紋付裾模様に譲るものではないことをあらためて知らせてくれます。

この時のメモはもちろん私の心覚えのためだけのもので、長いあいだ保存していたのですが、何度もの引越しをするうちに、つい失ってしまいました。しかし、端から順々に落ちなくメモしていき、書き終えて、さてもう一度目を通したあとの、あの引締ったような感激は、今も忘れません。自分の身辺に、これほど沢山な物があるのかと確認したあげく、その沢山さに気圧《けお》されたのだと思います。

この時の印象が深く残ったせいで、その後も私は何度か、部屋から台所へかけて、わが所有物を仔細に見渡すのです。メモを取ると同じほどに、くわしく点検します。平穏な生活が続いている時は、知らない間に物がふえていますし、若い時代にはその増えた物を、みごとに活用しています。

暮しが沈んでくると、ものが減りはじめます。今の潤沢時代では、かなり生活が手詰ったとしても、家財家具を売ってしのぐ、などいうことは恐らくなかろうと推察します。金目なテレビや冷蔵庫でさえ、まだ使えるものをぽいぽい捨てる時代ですから、中古の普通家財は売買になりますまい。だから生活が沈んでも、身辺の物は減らないかもしれませんが、むかしの女房のやりくり策は、まず身辺の物をこそこそと売ることでした。したがって家の中が片付いて、すっきりしてしまうのです。

もっと進めば荒涼となります。とにかく、部屋の中が掃除しよくなるのです。しかし、そういう時は掃除意欲などなくなっています。物が増えてきた時は、掃除は面倒で手間がかかるけれど、弾んだ気持で手まめに掃除しています。おかしなものです。物が減ると気が重くなり、増えれば軽くなるんです。所有物点検は、心情や暮しむきの、それとない裏書でもありましょうか。

仁清《にんせい》ふうの小鉢を持っているのです。十客絵変りで、絵柄は四季の花ですが、形がふっくりして、絵がやさしく、色付がやわらかです。大好きな小鉢なのです。ただ困るのは、中に盛るものでした。鉢が美しいので、中身との映りがむずかしく、そのためにあまり使うことなく仕舞ってあります。

困窮で生活を縮小した時、私もがらくた物を処理して、家の中を掃除しやすくし、おしまいには食器棚の中まで、掃除しやすくしてしまいました。残ったのは最も粗末なハンパものだけ、それへ盛るお菜は、ぞんざいな早ごしらえものばかり、そしてそそくさとあちこちへ駈けまわりです。

でも、そんなことで追付く筈はなく、もう一段、生活をせばめるために引越です。否応なく、荷ごしらえをします。こんな中でも売るにしのびなかった、気に入りの小鉢です。箱の蓋を払わずとも、見えてくる絵柄や色付です。あまりにもいまの生活とは、別世界のような優しさをたたえています。しかもその優しさが、早ごしらえの食べものと、ハンパ皿と、そそくさ飯を思い合わさせるのです。

いってみればこの小鉢は、私には使いきれないのですから、実用品ではなく、不用品であり、役立たずであり、よけいものなのです。ただ、好きだというだけのものですし、この際、好きの愛着のとは、よけいの上のよけいごとです。でもそのよけいものの優しさは、油滴のようなものでした。ぞんざい飯をかきこんで、かさかさと荒れている心に潤いが戻ります。何によらず自分の気に入ったものは、何かの折に、力になってくれるような気がします。

貧乏あげくの引越や、嫁入道具のメモなら、まだしも物の点検もらくですが、何年間も落着いて暮している家庭の所有物となると、その総量はとてもメモなど取れるものではないでしょう。物の多い少ないはどちらがいいか、これはそれぞれの条件や、生れつき授かった福分にもよりましょう。

私は一人住みをするようになってからは、少ないのが有難いと思っています。先に、ものが少なくなると気が重くなり、多くなった時は気が軽くなっていると書きましたが、年齢や環境があります。老いの一人暮しでは、不自由ない程度にしか持たぬのが、気持がかろやかで毎日の家事が楽です。それが私の心柄《こころがら》だと思います。ふっくりした心柄に憧れるくせに、自分ではふっくり出来ず、せず、すこし薄形に痩せているような心ざまが相性です。

季節などにしても、ちょうどいい気候より、多少ぴりっと冷たい初冬が好きです。ちょっと削《そ》げたところのある心柄というわけでしょう。若い時からいくぶんその傾向をもっていましたが、そこへ年齢です。家財家具も衣食住の家事も、健康度や年齢にしたがって移り変ります。軽くありたいと思います。

というと、いかにも身辺にいろいろと物がある暮しのようにきこえますが、実は私の家はがらん洞です。よくいわれます、これが女のうち？　と。簡素を通りこして殺風景だ、とも笑われます。そういわれれば、そうです。飾り物というのを殆ど置きません。花さえもいつもとはいきません。装飾なしなのです。こういうこと、結局は人柄や能力や状況や、いろんな条件が重なった上で、その形になるのでしょうから仕方がありません。飾るゆとりが心にないというか、飾っておきたいほど好くものがないというか、とにかく好きではないのです。我ながらおもしろ味の乏しいことだと思っています。

ただそのがらん洞を、汚なくないようにして住んできました。然しそれも、体力のあった数年前までのことですが、つまりは装飾ということの第一の下地である、からっと掃除しておくこと、だけはしていたのです。下地しか出来ないらしいのです。お化粧や、うそや、ずいぶん上手に上辺《うわべ》を飾ることも出来るくせに、なぜ住居が飾れないのでしょう。

装飾ということで、時代だな、と感じさせられたのはお惣菜です。もう十年か、それ以上も前でしょうか。新しいお手伝いさんがきました。遠い山峡《やまかい》地の出身で、まだ若いひとです。ご飯ごしらえが出来るというので、早速おひるを、有合わせの材料でごく簡単にと頼みました。けれども、よその台所は使いにくいのです。案じて、介添えもするつもりで、何をつくるかときいたところ、適当にやります、という快活な返事です。たのもしく思い、任せました。

ずいぶん時間がかかって出来ました。見て、はてさてこれは、とおどろきました。オムレツとサラダなのですが、なんとカラフル絢爛なこと。付合わせはジャガ芋と人じんとほうれんそう。揚ジャガ芋の上にはケチャップ、ほうれんそうの上にはマヨネーズ、バタいための人じんの上には粉チーズ、しかも芋も人じんも面取りに庖丁してあるのです。

サラダはサラダ菜の塀のように押立てた中に、トマトやきゅうりその他が、これもマヨネーズで和《あ》えてあります。労作です。なにはともあれ、先ず賞め、そしてねぎらわなければいられない料理でした。中心のオムレツが固くて、さめてしまったのなど、問題ではありません。彼女は大働きで、いじらしく上気しています。そして、レモンとりんごがあればもっとよくなったのに、というのです。誰に習ったかきくと、町へ嫁いで、めきめき料理上手になった姉に習ったよしです。

ところが三、四日すると、彼女は音《ね》をあげてしまいました。そんな絢爛料理が、永続きするわけがありません。お惣菜のオムレツは、それ自体が上手にできていれば、それでいいのだというと、でも町では二品以上を付合わせるのが、一般水準ではないのかときき返すのです。一般水準という一言には、返事がつかえました。

その後もいろいろなひとに手伝ってもらいましたが、パートタイマーの五十歳近い奥さんまでもが多かれ少なかれ、この手の料理をするのです。うさぎに刻んだりんご、花にした赤かぶといった飾りを、付合わせのほかに添えてありますが、見た目ははなやかでいて、さてどれだけ食べごたえがあるかといえば、悪いけれど、あちこち寄せ集めの体裁物といった、不充分感があります。

野菜の煮物の盛合わせもそうです。本体の大根も芋も、くたくたと煮くたれているのに、花に抜いた人じんをひとひら、ふたひら散らしてあります。手をかけてくれた好意はみとめても、根本的に受入れかねる、あらずもがなの感があります。味の如何ではなく、お惣菜というものについてです。お惣菜に気取りはいらぬ、というのではないけれど、あってもなくてもいいような余計ものに、手間などかけず、芋なら芋で勝負をするのがお惣菜だと思うのです。気取りはあっても、あそびやたるみのないのが、お惣菜だと思っているのです。

台所もそうです。あるひとが、すこし鍋その他を補充したい、と申出ました。私のやりかたは、任せたらよほどでない限り、口出しはしないのです。するとぽつぽつ台所が変ってきました。まっかな鍋、黄いろい花のついた壺、ブルーの洗桶、ピンクの水切かご等々、カラフルになりました。あまりに情緒のない台所だから、楽しく働くために、そうしたというのです。このひとの指摘したことは大当りなのです。私の台所はまさにその通りです。

台所は火水刃物のある仕事場で、寛ぐ部屋とはちがう、楽しさは料理をする手元から立ちのぼるもの、それでいいと私は思っています。彼女の希望は私とはまるで違いますが、指摘は私のこころざすところへぴたりでしたから、私はいい気分でからからと笑い、そしてまた彼女にはきっと、冷たい嫌な感じの台所であったろう、気の毒をした、と気付きました。ですからカラフル道具を、私も機嫌よく迎えたのですが、時代だなあ、と思いました。お惣菜にしろ、台所にしろ、考え方の相違です。つまり無情緒仕事場、実質お惣菜から、カラフル台所、絢爛料理への移行です。時代です。

しあわせなことにこのあと私は、私に合う娘さんに出あい、五年もつとめてもらいました。このひとが去るとき、これでもう人手をかりるのはよそうと決めました。いい印象を打止めにしたのです。どんなに気の合う人でも、自分ひとりより以上に、気の合うことはない、というそうですが、確かにそういう節《ふし》もあります。軽快です。強がりでなく、ほんとにひとりはいい、と思うときもあります。が、その代り、いつまでも現役です。家事一切はしなければなりません。ことに炊事は必ず欠かせません。

時には面倒ですが、気に入るように食べものごしらえをするのは、悪くありません。三ツ子の魂です。私は台所育ちみたようなものです。学問も芸術も、なんの職能も持たないものは、自分の居廻りで苦心してみるよりほか、自分を磨く道はないじゃないか、といわれいわれしてきたのです。居廻りには台所のお惣菜しかありませんでした。それから何十年たっているでしょう。手許用の眼鏡をかけて瓜を刻む昨今ですが、今まだ現役で、相変らず情緒のない深閑とした、古風な台所に立っています。老人の依《い》怙地《こじ》でしょう、私は現役なかぎり古風な、お惣菜ごころをすてないつもりです。

思います、いまの装飾多きお惣菜が、なんとか早く過剰な飾りの愚を改めてもらいたい、と。品数多くはなやかなお皿は、多い故に、手間ひまかけた故に逆にひ弱なのではなかろうか、と。昔のお惣菜は料理の範囲がせまく、今より質もおとっていたけれど、芋なら芋、さかななららさかなが、単純料理で、しかもごろんと無造作に盛られていた、そこになにかは知らぬ力強さ、たくましさがあった、と思うのです。

そしてそんなお惣菜を作っていた時代は、母は子の意を迎えるような弱さや、たるみをもっていなかった、と思い出します。今夜なにが食べたいか、ときかれるなど、昔の子供は思ってもみなかったことです。

天ぷらそば

池《いけ》部《べ》　良《りょう》

生まれてから軍隊に行くまでの間、臑齧《すねかじ》りで東京の大森に住んでいた。

おやじは絵描きだったから年がら年中家にいた。小学生高学年からだと思うのだが、ほとんど日曜日の昼食はすぐ近所の「かめや」というそば屋からそばをとっていた。注文の使いは僕に定まっていた。

「良、持ってくるのは娘さんにして貰いなさい。葱をうんとつけてくれるからな」とおやじが言う。

その後ろで、「良ちゃん、おやじさんに持ってきて貰いなさい。葱ならおやじさんの方が沢山よ」とおふくろがつぶやく。

なぜおやじは娘さんでおふくろはおやじさんでなければならないのか、途方に暮れたことがある。忠ならんとすれば孝ならずとはこのことかと思った。

「お待ちどおさまあ」と張りのある若い女の声が勝手口に響くと、おやじが間髪を入れずアトリエから飛んで来て箱を重ねた盆を受け取り、「おどろいたな。前の日曜日より、またきれいになったな」とか「可愛いね。桃割れが実によく似合う」とか言ったりする。一瞬遅れて受け取りに現れたおふくろの目が異様に光ったのを見たことがある。何遍も見ている。

おやじは天ぷらそば。おふくろはそばアレルギーなので天ぷらうどん。倅《せがれ》二人には盛り二枚。「天ぷらそばなぞ子どもにゃ贅沢だ」というのがおやじの教育方針の一つだった。

おやじが狐色のカリカリした〝ころも〟をつけた太い海老を口いっぱいにして、喰いちぎり喰いちぎっては汁のしたたるそばを八、九本掬《すく》い音を立てて啜《すす》り込む。羨望の目で凝視したのを覚えている。

中学校に入った年の秋の夕方。学校帰り。かめやの調理場の横を通ったら櫺子《れんじ》窓《まど》から茹で湯の湯気がうすく軒を伝い、そばとだし汁のにおいが鼻先に群がった。

腹の虫がぐうとなったから思わず立ち止まったら、櫺子窓の中から「坊ちゃん」という若い女の声。かめやのお姉ちゃんだった。なんの用事かと怪訝に思い口を開けていたら表の格子戸から着物の裾を翻《ひるがえ》して走って来、僕の背中を押して店の中に入れた。

「坊ちゃん。天ぷらそば食べさせて貰えないんだろう？　可愛そう。おごってあげる」

「？」と僕。

僕は肩を押さえつけられて腰掛けさせられた。僅かな時間で彼女がどんぶりを両手で包むようにして持ってきた。大きな海老天が三本も乗っている。彼女はテーブルに両肘をついて僕を見つめる。

「先生も奥さんもケチなのかね」としみじみとした顔つきになる。つられて僕もしみじみとしたら「早く食べなよ」とせかされた。

大きな海老だと思ったのは僕の早合点で、鉛筆の先ほどの海老に〝ころも〟だけがぶ厚い貧相な奴だった。でもすごくうまかった。お姉ちゃんが「どお？」と聞くから「おいしい」と言ったら「よかった」といってくれた。

食べ終わり、うまさと親切に呆然としながら表に出た。秋の少しばかりの風が頬を撫でる。目の前の道を横切れば、そこがわが家。足を一歩踏み出したときである。だれかに左の耳をいやッというほど捻り上げられた。「痛えッ」と叫んで見上げたら、ナント銭湯帰りのおふくろだった。おふくろは僕の耳を摑んだまま引きずり、走りに走って家の中を横断、北側にある暗い冷たい納戸に連れて行った。

「お母さんはね、あんたをね、そばやのあんな売れ残りの娘なんかにご馳走してもらうような乞食根性を持った子に育てたつもりはないの。お母さんはあなたを刺して、私も死にます。あなたみたいな子を育てたのも私の恥ですから」

と金属的な声で言い放ち、後ろにあった櫃《ひつ》（大型の物入れ箱）から黒鞘《くろさや》の脇差を取り出した。

殺されると直感、目をつむった。だがおふくろが、がっちりと握って引く柄《つか》は鞘を離れない。「あんな売れ残りの……」を繰り返して懸命になって刀身を抜こうとするのだが抜けない。刀身が錆びて鞘の内側にくっついてしまったらしい。

「今日は……許して……あげます」

と顔を覆った洗い髪をかきあげながら荒い息で言い、荒い足音を立てて出て行った。

そばやのお姉ちゃんへの嫉妬だったのかなと気づいたのは、後年になってであった。僕は生け贄だったに違いない。だが乞食根性と言われてみれば気持の片隅にないでもなかった、と反省……恥じている。

カキ氷とアイスクリーム

井上ひさし

1

このことは前にもほんの少しこの「家庭口論」に書いたことがあるが、わたしは今でもおいしいご馳走から先に箸をつけることができない。

食卓の上に鰺の干物と雪花菜《おから》とホーレン草のおひたしと沢庵が並んでいるとすると、まず沢庵をおかずにしてご飯を喰べ、しかる後にゆっくりとホーレン草のおひたしを賞味し、おひたしの容れ物が空になったところで、雪花菜を盛った小鉢を引き寄せてこの小鉢を綺麗にし、最後に鰺の干物に箸をつける。鰺の干物が大好物であり、雪花菜が中好物であり、ホーレン草のおひたしが小好物である以上、必ずそういう箸のつけ方をしてしまうのである。つまり、不味いものからより美味いものへと箸が及んで行くのだ。

だからわたしは洋食のフルコースというやつが大の苦手だ。たとえばマッシュルームのスープが出る。「うむ、これは旨そうだ。最後までとっておこう」と傍へのけておくとボーイ氏がさっと持って行ってしまう。そのときの驚愕と衝撃は心臓が停まるかと思うほどだ。ようやく騒ぐ心を押しなだめ平静をとり戻したころ、魚のフライを更に煮たやつなどが目の前に現われる。「おお、これはさらに旨そうだ。これこそ最後にたべることにしよう」と今度は手前の横にどけておくと、またしても怪盗ルパンの如くにボーイ氏が忍び寄り、あっという間もあらばこそ無慈悲にもその魚を下げてしまう。そのときの驚愕と衝撃は息の根がとまるかと思うほどである。それでも辛うじて立ち直りようやく人心地に立ち戻ったころ、眼前に肉魂を載せた皿などが出現する。「ああ、これだ！　これこそ天下一の大御馳走である。こいつはどんなことがあっても最後の最後まで残しておこう」と今度は手許に置き舌舐めずりなどしていると、三度《みたび》忍者の如く接近したボーイ氏がさっと奪い取って持ち去ってしまう。そのときの驚愕と衝撃はとうてい筆舌には尽せない。手許《てもと》のフォークで咽喉《のど》を、そしてナイフで腹を刺し、自殺してしまいたくなるほどである。だがむろんそういうわけにも行かず、口惜し涙を押さえながら野菜サラダなどを食べていると、バナナかメロンなんかが運ばれてくる。「おお！」とわたしは心の中でまた叫ぶ。「バナナ（あるいはメロン）とはまるで王侯貴族のようだ。これこそ最後にとっておこう」するとそこへアイスクリームがやってくる。わたしはまた叫ぶ。

「わォわォわォ！　アイスクリームとは米国の大財閥が食するようなものが出たなあ」

だが、バナナ（あるいはメロン）とアイスクリームが並んだりすると、じつはわたしは困ってしまうのだ。というのはどちらも大好物なのでどちらから先に手をつけていいのかわからなくなってしまうからである。どこかの国の動物心理学者が羊を飢えさせておき、その羊の左右にきっかり五メートルずつ離して草を置くという実験をしたことがあったという。そのときその哀れな羊はどうなってしまったか。羊はじつは飢えて死んでしまったのである。左と右の等距離に御馳走を置かれた例《くだん》の羊は、左の草を喰うべきか、右の草を食すべきか迷ってしまい立往生し、結局、どちらへも行くことができず、羊は飢えて死ぬよりほかはなかったのだ。嘘のような話だがこれは本当にあったことである。

バナナ（あるいはメロン）とアイスクリームを並べられてしまうと、わたしはじつはこの羊のようになってしまう。どっちを先に平げるべきか。アイスクリームは溶けてしまうから、これから先に匙をつけるべきである。否《ノー》！　放っておくと果物の香気がそれだけ失われる、まず果物から始めよ。あれこれと考えあぐねているうちに、あのボーイ氏が死刑執行人のように歩み寄って両方を下げてしまうのだ。そのときの驚愕と衝撃は思い返すだに身が細る。右手《めて》にフォーク左手《ゆんで》にナイフを握り、ボーイ氏の後を追いかけ、ナイフで彼の肩口をフォークで彼の尻を突き刺したくなるほどである。しかしむろんそういうわけにも行かず、次に運ばれて来たコーヒーをがぶ飲みしておしまいということになる。

――などと書くと「なんてまあ大袈裟な」とおっしゃる方もおいでになるかも知れぬが、これもまた真実なのだ。どうしても嘘だとお思いなら、わたしを洋食のフルコースへ御招待いただきたい。そうすればわたしの滑稽な貧乏性ぶりをたっぷり御覧に入れよう。

食物に関するわたしの変な癖はまだまだ山の如くにある。たとえば二杯目のご飯をよそってもらうとき、わたしは給仕役の長女に、「茶碗に八分目ぐらい」とか「半分と一口ぐらい」とか「三・一四一五九分目ぐらい」とか告げる癖がある。するときまって彼女たちから反撃を喰う。

「三・一四一五九分目ぐらいってどういうことなの？」

「つまり、茶碗に四分目では多すぎて残してしまいそうなのだよ。かといって三分目では物足らぬ。だから茶碗三分目より心持多い目によそってほしいという気持をこめて三・一四一五九分目と言ったのさ」

「ばかみたい」

「ばかみたいとはなんということを言うのだ。三・一四一五九とは円周率、すなわち円周とその直径との比ですぞ。難しく言えばπ《パイ》です。御飯の単位はいわば『一杯《いっぱい》、二杯《はい》』だからその杯《ぱい》に因んでπ《パイ》の近似値で言ってやったのだ。御飯をよそいながらも円周率の勉強が出来る、こんな有難いことはないではないか」

「それにしても細かすぎるわ。半分ぐらいよそっとくわね」

「半分は多すぎる。とても食べ切れぬ。いったい残したらどうする気だ。だれが責任を持つのだね」

「捨てればいいじゃない」

「捨てる？」

「だって仕方がないじゃないの」

「仕方ないですむか、この穀《ごく》つぶしどもめ」

ここでわたしは長女に訓戒を垂れる。

「わたしは日頃からおまえたちの御飯の残し方に疑問を持っていたのだ。だいたいおまえたちはどうしてあのように簡単に御飯を残すのか。おまえたちは『米』という字がなぜ『米』なのか知っているのか。『米』という字を分解すれば『八十八』だ。つまりお百姓さんが米の一粒一粒に八十八回も手間をかけているから『八十八』、すなわち『米』と書くようになったのだぞ。いわば米は手芸品なのだ。それを残ったら捨てるで済むと思うのかね。わたしたちが子どもの頃は、それこそ、一粒のこらず食べ、その上茶碗に白湯を汲み、茶碗の内側にくっついた飯の粘々《ねばねば》まで洗い落し、その白湯を飲んだものだ。万々が一、飯粒が残るようであれば、それをよく洗って乾かして、焙烙《ほうろく》で煎って、おやつにしたものだ」

「わかったわ」

と長女は脹れ面でわたしの茶碗に飯をよそい、

「御馳走さま」

と席を立つ。見ると長女の茶碗のなかには飯粒が五、六粒。

「こら！」

とわたしは雷を落す。

「なにもわかっておらんではないか」

わたしの声の大きさに愕き長女は泣き出し、家人が、そんなに御飯粒のひと粒やふた粒に神経を尖がらせなくても、と向うの加勢にまわる。かくして楽しかるべき食卓は、阿鼻叫喚の地獄と化す。これが週に一度はくり返されるわが家の忌しい行事である。

このあいだ、長女が貯めた小遣いをみな引きおろし秤を一台買ってきて、食卓の上に置いた。そんな秤をどうする気かね、と訊くと彼女はこう答えた。

「パパの『三・一四一五九分目ばかりよそってくれ』という言い方は曖昧だし、それがすぐにお説教に結びつくからやめてもらいます。これからはうちはグラム制で行くのよ」

そんなわけでこのごろのわたしは、御飯をよそってもらうとき、

「おかわりを三十五グラムほど頼む」

などと言わせられている。こういうのをたぶん自業自得というのだろう。馬鹿馬鹿しいが身から出た錆だからいたし方はない。

2

さあれ、「飢えた犬は肉しか信じない」という言葉があるけれど、たしかにわたし

は飢えた犬のようにいつも腹を空かせながら生きてきた。

軍国少年時代は飯にはいつも豆か芋が入っていた。一時期大根が入っていたこともあるが、これは飯がびちゃびちゃして水っぽくなるのであまり長くは続かなかった。だから現在《いま》、青豆《グリンピース》御飯など出ると、思わずぎくりとしてしまう。御飯に混ぜものが入っているとなんだか『非常時』というせっぱつまった感じがしてくるのである。だが、子どもたちは混ぜもの御飯が出ると歓声をあげる。このへんの呼吸がどうも嚙み合わない。

また秋になると郷里の友人から蝗《いなご》の煮付などが送られてくる。この蝗についてもよくない思い出がある。というのは九月からその年の暮まで毎日毎日蝗攻めだったからだ。まず九月になると国民学校の全校生総力でほとんど毎日蝗取りに出かける。蝗は米を喰う害虫であるからこれを駆除するのが第一の目的、そして捕えた蝗は重要な蛋白源でもあるので栄養補給に役立てるのが第二の目的だ。ところがこの蝗はじつに素速いのだ。しかも捕まったら喰われてしまうから、蝗も必死だ。生来素速いところへこの必死が加わるからなかなか捕まらない。しかし、一人だいたい一日に一升という捕獲高が学校から決められているからこっちも必死である。敵も必死、味方も必死、田圃の泥の中を双方死にものぐるいで駆けまわる。捕獲高のすくない日の夜は教師か

ら、

「なぜ一升とってこないのだ。蝗を町の人に売った金で学校の冬支度をせねばならぬのに、おまえのような怠け者がいるおかげでその冬支度がなかなかはかどらぬではないか」

と追いかけられる夢を見た。また、捕獲高を上まわった日の夜は蝗の大群が攻め寄せて、

「この蝗殺しの小童《こわっぱ》め！　仲間の恨みを晴しにきたぞ！」

と追いまわされて魘《うな》される。一夜として安らかに眠れぬ。だから秋が近づくのが憂鬱だった。

そのうえ、この蝗は素速いばかりではなくなかなか利口なのである。逃げると見せて逆にこっちに跳びつき、上衣の下にもぐってしまうのだ。いやな奴にとりつかれてしまったぞと、着衣をその場で脱いで虱《しらみ》つぶしならぬ蝗つぶしに探しまわっても、臍の穴に隠れたのか尻の穴にひそんだのか、一向に見つからぬ。ところが夜、寝るときにどすんと布団の上に横になると、背中や腰のあたりで「びしゃっ」と嫌な音がする。あッと全身総毛立ってあわてて起きてみると、敷布に、風邪ひきどきの鼻汁のような黄色の汁が付いている。そしてぷうんと青臭い匂い。背中や腰にしがみついて隠れて

いた亡命蝗がこっちの体重で押しつぶされてしまったのである。あの「びしゃっ」という音、今思い出してもぞっとする。あれはつくづく嫌な音、そして薄気味の悪い感触だった。

蝗による受難はこれだけでは終らない。九月から暮れまで食卓にのぼるのはいつも蝗なのだ。煎り蝗、煮付蝗、干蝗の味噌汁、蝗の雀焼、蝗の胡麻油いため、粉にした干蝗をまぶした握り飯、蝗ばかり出てくる。しまいには蝗という言葉を耳にしただけでうんざりしげんなりし、食卓の上の蝗を眺めるたびに、

（イナゴとオナゴは一字ちがい。どうせならオナゴにここまで追い廻されてみたいものだなあ。）

などと下らぬことを思っては溜息をついたものだった。

その蝗恐怖の後遺症が今でも残っており、送られてきた蝗を眺めているうちに思わずうっとなってしまう。ところが娘たちは混ぜもの御飯のときと同じようにわっと歓声をあげる。このあたりの呼吸もまたうまく嚙み合わぬ。

キケロが言ったと伝えられる「食物のもっともよい調味料は飢餓である」という言葉の意味についてしみじみと思い当るのはおやつをたべる子どもたちを眺めているときである。彼女たちはバナナやアイスクリームやシュークリームを不味そうに口に運

んでいるが、そういう光景に出っくわすと非常に腹が立つのだ。わたしたちの時代のおやつはうまく行って味噌を塗った握り飯が一個、そうでなければ味噌を塗った胡瓜が一本といったところが相場だった。むろんおやつの貰えない日などはざらで、そういうときは庭先の茱萸《ぐみ》の実を喰い、裏山に入って百合の根を掘り、山梨や山苺やあけびを探した。蛙や蛇がわたしたちの前に姿を現わすこともあった。これらの不運な蛙や蛇はわたしたちの前に姿を現わした十分後には皮を剝がれ火に焙られていた。蛇はまずいという人がいるが、そのころのわたしたちにはたいそうおいしかった。キケロの言ったように飢餓感が調味料に数倍まさる味つけをしてくれたのだろう。

調味料といえば、その頃は化学調味料など見かけたことがない。腹が空いているときに調味料の助けなど借りる必要はないのだからこれは当然だろう。調味料は飢餓感と入れかわって姿を現わしだしたのである。だがわたしは今でも調味料は嫌いである。きっと心のどこかに幼時の飢餓感が残っているからだろうと思う。

氷なども貴重品であった。家の前に酒屋があって、夏場は酒のかわりに、アイスキャンデーを作って売っていたが、そこの主人は機嫌のよいときなどわたしたちに氷のかけらをくれた。この氷を頰張るときのあの贅沢な冷たさはいまも忘れられぬ。氷が口中でだんだんと小さくなって行き、やがては雲母《うんも》の一片のようになり、ふっと生温い水に戻ってしまうときのあの淋しさ、やるせなさ。それもしっかりと頭の中に残っている。

ところがわたしの子どもたちときたらどうだろう。冷凍庫の中に買い入れたアイスクリームを最初の日は有難がるが、二日目にはもう飽きたなどと言うのだ。

その他、夏みかんよりもグレープ・フルーツがいいだの、いやグレープ・フルーツよりオレンジがいいだのと勝手なことをほざく。ショートケーキは半分残す。シュークリームの皮は敬遠する。バナナは一口たべて放り出す。チョコレートに食べ飽きると犬にやったりする。しかも図々しいことにわが家の犬までが貰ったチョコレートの半分以上も残し、日光でとろとろに溶かしてしまったりする。

だいたいがわたしは犬が嫌いである。第一に食物が勿体ない。犬にやる食物があればおれが喰う、と本気で思っている。なのになぜ犬がいるのかというと、昨年、犬の芝居を書いたとき、犬の日常生活を知る必要があって、仕方なしに飼うことになったのである。もう犬の生活は充分に観察したので不必要であると思い、家人や娘たちの留守のときに、こっそり彼奴を連れ出し、散歩と見せかけて遠くへ放してくるのだが、よほど記憶力のよいやつらしく必ず戻ってくるのが忌々しい。時には捨主のわたしより先に家に帰っていて、わたしがやってくるのを見てわんわんなどと懐かしそうに吠えるのだ。そうすると自分が犬を捨てに行ったのか、自分が犬に捨てられに行ったのかわからなくなり余計腹が立ち、そのうち莫迦らしくなって犬を捨てに行くのはやめた。この文章をうちの子どもたちが読んだら、きっと、

「パパのような無責任な飼主がいるから野犬が殖えるのでーす」

と一斉攻撃を仕掛けてくるに違いない。犬が憎いのではない、犬に与える食物が勿体ないのだ、と弁明しても子どもたちに理解してもらえそうもない。まことに困ったことだ。

仕方がないからこの頃は、子どもたちの与えたチョコレートを犬から取り上げることにしているが、この間、長女にその現場を見つけられてしまった。

「なにをしているの？」

犬のまわりをぐるぐるまわりながら、隙を狙ってチョコレートをかすめとろうとしていたわたしに長女が言った。

「うむ。この犬はどうせチョコレートを残すにちがいないからね、勿体ないからわたしが貰おうと思うのだ」

「じゃあ、犬のまわりをぐるぐる回っているだけじゃ駄目よ」

と長女は真面目な顔付きをしてわたしに指示した。

「犬のまえでちんちんしなくっちゃ」

3

とまあこんなわけで、わたしは子どもたちが口をもぐもぐ動かすたびに「あんな食べ方をしては勿体ない、わたしたちの幼《ちい》さかったころは、王侯貴族の子どもでもあんな贅沢な食べ方はしなかったろう」とぶつぶつ呟くのが癖になっていたのだが、ちかごろ、すこし考え方が変ってきた。今では、

「思う存分食べ散らすがいい。親父の稼ぎが許すかぎりいろんなものを食べておくがいい。おまえたちの小さな胃袋が許すかぎり食物を詰め込むがいい。それが出来るのは今のうちだけなのだから」

と呟いている。

現在《いま》の子どもたちの気狂いじみた食べっぷりは、おそらくやがてこの日本から、そして地球から食物がなくなることを本能的に察知しているからだろうとわたしは思う。つまり「喰いおさめ」なのだ。きっとそれにちがいない。

数年前からの旅行ブームもこの「喰いおさめ」と事情はよく似ている。大都会から

地方へ、大自然を見るために、緑を眺めるために、驚くべき数の人たちが旅に出かけているが、おそらくその深い動機は、

「間もなく日本の、そして地球の緑は滅びる。見るならいまのうちだ」

ということにあったのではないか。いってみれば「見おさめ」のための旅行ブームだったのだ。死が近いことを予知した老人が何喰わぬ素振りで先祖の墓に詣で、生れ育った町を訪れてそれとなく見おさめするように、人々は緑の死と己が死とを意識せずにそれと知って、かつて自分たちのよき朋友だった瀕死の大自然と別れを惜しみ、永遠のさよならを告げるために旅立っていったのではないのか。ディスカバー・ジャパンなどというアメリカの猿真似の唱い文句などで何千万という人が地方へ移動するはずはないのだ。

子どもたちの場合はそれが喰い気になっただけのはなしだろう。彼等もまたそれとは意識せず、地球が氷河期に入ったことを、そうなれば食物がなくなってしまうことを察しているのではないか。

地球が氷河期にすでに入っているらしいということは、一九六三年あたりから噂にのぼっていた。

たとえば一九六三年にはヨーロッパと北米東部に大寒波があり、カムチャツカやア

イスランドにはあべこべに暖冬異変が起った。そしてそれ以後の十年間の主な記録を拾っただけでも、六四年、北米東部大干ばつ。ユーゴ、イタリアの大洪水。六五年、インド大干ばつ・大ききん。ベネチアとフロレンスで大雨洪水、ルネッサンス美術品水びたし。日本の早春寒波。六六年、モスクワからマドリッドまで記録的大寒波。八月、モスクワに六十年ぶりに雪。インドネシアで大干ばつ。香港洪水。六七年、リオデジャネイロ大洪水。アラスカに大雨。六八年、ブラジル、韓国が干ばつ。ニューヨークのハドソン河完全結氷。ジェノアで洪水。六九年、カリフォルニアで大雨洪水。ブラジルで干ばつによる暴動。北アフリカの砂漠に一日一九〇ミリの大雨、チュニジアに洪水。日本は春の大雪。七〇年、ルーマニア、ウクライナで大洪水。北米アリゾナの砂漠に推計で八千年に一回の大雨。七一年、オーストラリア南東部で大雨。欧州は百年ぶりの大寒波。アフリカのケニアの干ばつで象が多数死亡。沖縄干ばつ。北日本の冷夏。

そして一昨年から昨年にかけては、ソ連、中国、インド、オーストラリアなどの軒並みの凶作、日本の大暖冬、昨年三月のモスクワの百年ぶりの暖春、百二十九年ぶりのミシシッピ川の氾濫、サハラ以南のアフリカの干ばつと異常気象が相次いでいる。特にアフリカ諸国では六十年来の干ばつで六百万人に餓死が迫っているというし、六月にブレジネフ・ソ連共産党書記長がワシントンを訪れてSALT促進共同宣言に調印したのも、そのじつは凶作つづきによる食糧不足を米国からの大量の小麦の輸入で緩和するのが真実の狙いだともいわれている。

こんなことを書き並べても憂鬱になるばかりだからもうやめるけれど、とにかくこれからは冷たい夏や長い冬が続き、ゆっくりと気象や気温のパターンが変化して行き、冷害が正常になるのだそうだ。

しかも、この五十年以内に、インドから東の東南アジアだけで人口が三十六億近くに殖えるといわれている。

冷害で食糧の絶対量が不足して行くのに、人口は殖えて行く。わたしの凡くら頭で数秒考えただけでも、あッ、喰えなくなるな、とぴんとくる。

なお悪いことに、人間の求愛活動を司る脳の奥の「愛の中枢」とかいう怪体《けったい》なところは、日頃の欲求不満やストレスによって大いに刺激されるそうで、心配事があればあるほど人間が殖える仕掛けになっているらしい。となると人口増加はとても止めることはできないだろう。

その他、日本の食糧自給率は四割、つまり四千万の人しか養えないというし、日本に食糧を供給してくれていた米国は、食糧の輸出をストップするというし、たのみの綱の魚たちは、二年間で五倍という空おそろしいような汚染率を誇る汚い海で全滅しかけているし、ここまで材料が揃えば、うちの犬にだって、これはそのうち喰えなくなるぞ、ということがわかるだろう。

わたしが子どもたちの食べ方に一切文句を言わなくなったので、わが家の食卓は、和気《わき》藹々《あいあい》としている。

「このごろ変ったわねえ」

と家人がよく言うようになった。

「ちっとも勿体ないと言わなくなったわ」

「うむ、喰えるうちに喰っとくことに決めたのさ。おまえもいまのうち、肉でもお菓子でもなんでも、食べたいものを食べておくほうがいいよ」

「変なことというわね。まさか、仕事を失敗《しくじ》ったんじゃないでしょう、仕事がなくなるというわけではないわね？」

「当ったよ。人間が失敗《しくじ》ってしまったのさ」

家人はじめ娘たちは怪訝な顔をしてわたしを見ている。そのうちに長女が心配そうに訊く。

「パパ、とうとう頭が変になってしまったんじゃないの？」

「できたらいまのうちに変になってしまいたいよ」

言いながら、わたしは、いつ、娘たちにあのゴーリキイの有名な言葉、「満腹した人間の魂よりは、飢えた人間の魂のほうが、より美しく、より健康的である」というやつを教えてやろうかと思案する。

腹の足しにはなるまいが、知っておいて損はなかろう。なにしろこの言葉を忘れたばっかりに、人類はいま「見おさめ」「喰いおさめ」をしなければならぬ破目に陥っているのだから……。

おいしいものは恥ずかしい

中山千夏

「私はおいしいものが好きで」

というふうな言い回しが、昔からあったとはどうも思えない。いや、もちろんあったのだろうけれど、耳にしなかった。古い小説やエッセイで読んだこともないと思う。いつの頃からか、人々が、まるで挨拶代わりみたいにして、こんなセリフを言い始めたような気がする。ともかく私は、ある頃から、頻繁にこんなセリフを聞いたり読んだりするようになり、最初は耳新しい奇異な感じを味わったが、そのうちには自分でも、

「ああ、私もおいしいもの、好き！」

なんて答えるようになっていた。答えながら奇異な感じは消えないで残り続け、今でもどこかおかしいと思う。

考えてみると、やっぱりこの言い方はヘンである。だって、おいしいものが嫌いな人なんて、いるだろうか？　どんなヘソ曲がりでも、「私はおいしいものは嫌い、まずいものが好き」とは決して言わないし、思いもしないだろう。

おいしいものが好きなのは、誰にでも共通する決まりきったことなのだ。決まりきったことだから、昔はみんな、特にそれを言葉にして言うことがなかった。それが、いつの頃からか口に出して言うようになった……。

なぜなのだろう？　私たち現代の日本人は「おいしいものが好き」という、誰にとっても当たり前のことをわざわざ表明することで、実のところ、いったい何を言おうとしているのだろう？

おそらくこれは、最近の私たちの、ある種の傾向の一部だ、と私は思う。その傾向とは、欺瞞的な禁欲を捨てて人間の欲望を素直に肯定する傾向、とでも言おうか。それよりいっそ、昔風に簡単に、「恥知らず」と言おうか。

人間にはいくつか、そこはかとなく恥ずかしいことがある。いや、あった。

たとえば用便。オトナが見守るオマルの上や、仲間と並んでの大空の下、平気で爽快に用を足していたのが、ふと恥ずかしくなり、隠れてこそこそとしかできなくなり、時には関連した話をするのもはばかられ、用便などしたことがないようなふりさえする。

またたとえば性欲。もの心ついてみると、異性に魅かれる気持（場合によっては同性に魅かれる気持）が、なんとも恥ずかしい。性的な肉体の快感を追求したい気持は、もっと恥ずべきもの、マトモな人ならぐっと押さえて生きるべき恥であるから、それをあからさまにした仕業は、恥を破った罪、破廉恥罪と呼ばれる。なぜか男性以上に慎みを求められる女性は、性欲など無いふりをするのが普通であった。

しかし、そういう態度はシンドイばっかりでアホらしいではないか、こういう生理、こういう欲望を持っているのが人間というものなのだ、ごまかしはやめてオノレを直視しよう、直視してその生理、その欲望を否定するのではなく（否定したら人間をやめるしかない！）、おおらかに肯定して、ネアカに生きようではないか——となったのが最近の私たちだろう。

かくして、家の北側の暗い片隅に閉ざされていた汲み取り便所は、花と芳香剤を飾ったウォームレットやウォシュレットに変身し、「うちのトイレは……」と主婦の話題にも登場し、建築雑誌のグラビアページやテレビ画面にまであらわれるようになった。デパートのトイレなんかで、自分の音を消すために水を流し続ける女性はあるにせよ、おおかたの女は、自分の自然の欲求をことさらに恥じることはなくなった。

性欲のほうは、もう、ゆけゆけどんどん、おーれーおれおれおれー、である。東京の繁華街では、若者たちが手を繋いで歩き、路上で抱き合ってキスしている。中年でさえ、ちょっと辺りをはばかりつつ、しかしさして恥じる様子もなく、連れ込みホテルの方角に並んで歩いてゆく。ぼんやり歩いていれば、テレクラの宣伝ティッシュを渡される。

男性は欲望の強さを誇り、もはや女性も、性欲を隠すどころか、ひょっとして「感じないかもしれない」ほうが恐怖である。男の子は車を駆って勇躍ナンパ合戦に励み、彼らを魅了したい女の子は、自分の性欲をきらきらさせた肉体を惜しげもなく朗らかに露出する。性解放を唱えてきた私でさえ、深夜テレビを見るとこわくなる。

こうした流れと同じことが、食欲についてもおこった、というのが私の推測だ。食欲というものもまた、かつてはそこはかとなく恥ずかしいことのひとつであった。

今はどうだか知らないけれど、私たちが小学生や中学生の頃には、学校へ弁当を持ってゆくことがあって、昼食時間には、少なからぬ子供たちが、手や弁当箱の蓋の陰に隠れるようにして、恥じ入りながら弁当を食べていた。私も、隠れこそしなかったけれど、食事が妙に恥ずかしかったのをはっきりと記憶している。みんな、別に弁当の内容を恥じて隠れたわけではあるまい、と思う。なんであれ、自分が何を食べるか、どんなふうに食べるかを見られるのが、そこはかとなく恥ずかしかったのだ。

私の場合、オトナになっても、食事のさまはなにか恥ずかしいもの、公開すべきではないもの、という感じが抜けなくて、芝居をしていた頃には、食事風景を演じるのは、濡れ場を演じるのにも似た決まり悪さがあった。むろん、食事中の写真取材は、タレントとしては難しいことだったけれども、可能な限り断っていた。

この感覚は、多かれ少なかれ人類に共通してある、と私は思う。どんな文化でも、一緒に食事することは親密さの表現であり、また、親密さを増すための手段になっている。

これは、私の考えでは、食事というものが、よっぽど親密な関係でなければ一緒にできない恥ずかしいことだから、なのだ。ちょうど、寝所をともにして、そこはかとなく恥ずかしい性欲をお互いに認め合うことが、男女の親密さをあらわすことであり、また、そうすることによって男女の親密さが増す、それとよく似ている。

だからこそ、親密な恋人たちは、しょっちゅう食事を共にするのだし、悪党たちは、まず料亭で共に食事をして親密さを増してから収賄を計画するのだ。

そんなわけで、かつて食欲は、性欲ほどではないにせよ、多少とも恥ずべきものだった。やたらに食べたがったり、好物に目の色を変えたり、食べ物の話をしたりするのは、あまり歓迎される所業ではなかった。加えて昔は、清貧を尊ぶ気風があったから、武士は食わねどタカヨウジ、が讃えられたのだ。

しかし、と私たちは思ったのである。そんな態度はシンドイばかりでアホらしい、食べたい、というのは、人間の自然な欲求だ、誰だって、空腹に耐えてヨウジを嚙んでいるよりは、おいしいものを満足ゆくだけ食べるのが好きに決まっている、おおらかにそれを肯定して、楽しく生きようではないか、誰だっておいしいものが好きなんだし、それはちっとも悪いことじゃない、そうとも、私は「おいしいものが好き」だ！

結局のところ、この不思議な言い回しの背後には、現代日本人の、これだけの言い分が隠れているのじゃなかろうか。

欺瞞的な禁欲を捨てるのは、けっこうなことだと私は思う。性欲を不自然に禁じられるよりも、おおらかに肯定されたほうが、みんなのびのび生きられるに違いない。ではあるけれど、あまりにもあけすけな「性欲あって何が悪い」と言わんばかりな行動を目にすると、ちょっと違うんじゃないの？　という気がする。

同じように、あんまり無邪気に、おいしいものを追求して、てんとして恥じない昨今の風潮には、かなり居心地の悪さを感じる。

そこはかとなく恥ずかしい、という感覚もまた、いたって人間的なものなのに、そうきれいさっぱり捨てちゃっていいもんだろうか、と私は首を傾《かし》げるのだ。

食は三代　わが思い出の玉子焼き

玉村豊男

食は三代、とか、舌は三代、とかいうことがいわれる。舌が肥え、ものの味がよくわかるような人物が出現するには、三世代が必要だ、というのである。おじいさん・おばあさんの代からおいしいものを食べ続けていないと、美味を探り当てる舌を持つことはできない……のだそうだ。

ホントーだろうか。

東京のレストランを食べ歩いて忌憚のない批評を下したガイドブックを書き著した料理評論家が、ある店のシェフから脅迫状めいた葉書を受け取った。

まあ芸能人の世界などではなにかの理由で逆恨みをしたファンが封筒にカミソリを入れて送りつけてきたりするケースは珍しくないようだが、葉書だからカミソリ抜きだとはいえ、料理人の世界もなかなか陰湿である。

その脅迫葉書は私も見せて貰ったのだが、たいていの脅迫状がそうであるようになんだかわけのわからない言葉が羅列してあって（きっと書いている本人の頭が混乱してるからだろう）、悪意だけは満ちているもののいったいなにを論難しているのかさっぱり要領を得なかった。ただ、味もロクにわからんような奴が四の五の言うなコノヤロー、というような内容である。その文面の中に、

「食は三代」

という言葉があった。

食は三代という言葉を知っているか、知っているなら黙っていろ。

たしかそんなような調子で使われていたように覚えている。要するに、どこの馬の骨か分からない男の味覚は信用できない、そんな男に自分の料理を批評されてたまるか、といいたいのだろう。

「食は三代」

――オソロシイ言葉である。

もちろん、その脅迫シェフ氏は、料理評論家氏の履歴を詳しく知っていたわけではないと思う。三代前まで遡って、父親は味覚音痴だったじゃないか、おじいさんは貧

しくてロクな食いもんを食ってなかったじゃないか、と証拠を挙げて攻撃しているわけではない。ただなんとなく、それまで聞いたことのない名前の新人批評家が登場してきたので反発したのに違いない。もしもそれが、たとえば、

「徳川家何代目の次男坊」

とか、

「財界大御所の御曹子」

とか、

「地方の名家の道楽息子」

とかいう触れ込みで登場してきた著者であったとしたら、なんとなく三代以上前かららうまいものを食い続けてきたような気がするから、脅迫シェフ氏の筆も鈍ったのではないだろうか。

しかし、私は疑問に思うのだが、たとえばやんごとなき家系の人々は、みんなうまいものを食って、いや、召し上がっていらっしゃるのだろうか。お金持ちの家は、子供にも美食をさせているのだろうか。あるいは、名家でもなくとりわけ裕福でなくても、子供においしいものを食べさせている市井の人々はゴマンといるのではないか。そもそも、なにが〝美食〟であり〝うまいもの〟であるかという定義じたいが曖昧だ

から話は漠然とするが、どうも、

「食は三代」

などという言いかたは胡散臭いと私は思うのである。

三代といえば、ほぼ百年くらい前からの時間の堆積だ。明治、大正、昭和……。

そのあいだに、日本人の暮らしはずいぶん変わった。名家の没落もあったし成金の勃興もあった。だいいち、食生活は激変した。

三代続けてうまいものを食うだと？

だとすると、戦争の時期の食糧難はどうなるのか。日本人は、ほとんど例外なく、ロクなものが食えない時期を何年か過ごし、その間に、味覚の基礎ができる年少期に〝うまいもの〟を口にすることができなかったひとつの世代を確実に生み出しているのである。〝三代〟はとっくに断絶しているじゃないか。

たとえば三代以上も前から代々美食の家系で、子供のうちから全国から集めたうまいものを一流の料理人がさばいたものを食い、長じては世界を旅行して世界中のうまいものを食べ歩いた、自他ともに許す〝美食家〟がいるとする。

もう一方、三代以上も前から代々貧乏の家系で、子供のうちからロクなものを与えられず目刺しと沢庵だけで育ち、長じては仕事がうまくいかず相変わらず目刺しと沢庵くらいしか食べられぬまま中年に至った、自他ともに許す〝粗食家〟がいるとする。〝美食家〟のほうは、たしかに料理評論家になれる可能性がある。

しかし〝粗食家〟のほうにだって、少なくとも〝目刺しと沢庵の評論家〟にはなれる可能性があるのである。おそらく彼の目刺しと沢庵に関する蘊蓄《うんちく》と見識には、〝美食家〟のそれをはるかに超えるものがあるに違いないのだから……。

そういえば、あるラジオ番組で、グルメとして有名な音楽家と対談したときに、

「食は三代、といいますからね。玉村さんの家も昔から美食をなさっていたんでしょうね」

と言われてドギマギしたことを思い出した。ひょっとすると、そのときが、

「食は三代」

という言葉を耳にした最初かもしれないのだが、とにかく、私は〝玉村さんの家〟に関しては父親しか知らず、先々代がどんな人であったかについては何も情報を持っていないのである。だから、

「はあ。いやあ……どうでしょうか。父親は大食漢だったらしいですが」

とだけ言ってごまかしたのだった。

玉村善之助《ぜんのすけ》。

父の名前である。

日本画家で、号を方久斗《ほくと》という（善之助、という本名は好きでなかったようだ）。

京都生まれ。なんでもゲタ屋のボンボンで、小さい頃から寄席に通い大和絵を集めて、早くから絵描きになろうと思い定めていたらしく、京都絵画専門学校に入ってその道を歩みはじめたのはよいのだが、芸者とトラブルを起こしたとかで三十代のなかばに故郷を出奔し、東京に逃げてきた。

トラブルの詳細は知らない。芸者上がりの女と結婚して失敗したのか、結婚して芸者とどうにかなったのか、いずれにせよ私が小さい頃に母親（つまり、東京に出てきた善之助と再婚した女性である）が問わず語りに語った言葉の断片をつなぎ合わせておぼろげな記憶しかないうえ、母親の立場からすると描写に主観も混じっていたろうからはっきりとはわからないのだが、何らかの理由で、京都の家とは縁を切って東京に出てきてしまったらしい。だから、父方の親戚とはまったくといっていいほどつきあいがなく、三代から先については私はなにも知らないのである。

これは何歳の時の記憶だかはわからないのだが、ひとつ、いまでも非常に鮮明に覚えているシーンがある。

それは、玉子焼きが画室へと運ばれていくシーンである。

私は、八畳敷きのタタミの部屋で、ひとりで遊んでいた。

左奥にある台所から、いい匂いが流れてくる。母が玉子焼きを焼いているのだ。

父は、画室（アトリエ）で仕事をしている。その仕事の合い間に、ちょっとおなかが空いたからと、

「まあさん、玉子焼きくれへんか」

と〝おやつ〟を注文したのだった。まあさんというのは、おそらくママさんが訛ったのだろうが父はいつもそんなふうに母を呼んでいた。私はその父の声を和室で聞いて、いま台所でどういう事態が進行しつつあるのかを理解していたのである。

ひどく哀しい気分だった。

そのうちに、玉子焼きは焼き上がるだろう。

焼き上がれば、それを皿にのせて画室にまで運ぶ途中、母はこの和室を通るに違いない……。

そう思ったとき、急に涙がポロポロと出てきて、それまで遊んでいた玩具《おもちゃ》——たし

か木彫りの熊かなにかだったと思う——を投げ捨て、押入れのふすまを開けてフトンの間に潜り込んだ。

押入れの中は真暗だ。やや湿り気を含んだフトンがひんやりと肌に触れる。その中で、私は息を詰めて、待った。ふすまはほんのわずかだけ隙き間を残して閉め、その隙き間に額をつけて外をのぞきながら……。

どうしてそんなことをしたのだろう。

玉子焼きを自分も食べたかったのは事実だと思う。でも、それならば、台所へ行って、ボクも食べたい、と言えば済むことである。私はそうしようとはまったく考えなかった。

玉子焼きは、私の目の前を通り過ぎていった。白い皿の上の黄色い塊りから、ほのかに湯気がたちのぼっている。息をこらえて、私は細い隙き間から母の後姿を見送った。

私の奇矯な行動は、すぐあとで露見した。

どうやらそのまま私は、押入れの中で泣きながら寝入ってしまったらしい。それを母が発見して事情を知ったのである。

「食べたいなら食べたいって言えばいいのに。ヘンな子ねえ」

母にそう言われて、さらに私は屈辱的な気分になったことを覚えている。父と母の、画室と台所での言葉のやりとりを聞いたときから、私はいいようのない疎外感を感じていたのだろう。子供の存在を意識しない、夫と妻の、会話。あるいは、食べものを媒介とする、男と女の、交情……。なにか聞いてはいけない、見てはいけない現場に立ち合ってしまったような困惑を、私は抱いていたのかもしれない。

ま、しかしね、その象徴が玉子焼きというところが、いまひとつロマンチシズムに欠ける食いしんぼ人間である私の限界だともいえる。なにしろ父と母が同時に登場する幼児期の記憶といえば、ほとんどこの玉子焼きの一件しかないのである。

玉子焼きなら、タマゴ十個を使った大型のダシ巻き。

焼豚なら、百五十匁（五百数十グラム）。

栗まんじゅうなら、一箱（！　最低十個は入ってるだろうな）。

それが父の平均的な〝おやつ〟の内容であったという。それを、仕事をしながらパクパクムシャムシャと食べてしまう。

巨漢であった。

三十貫を超えていた、というから百キロ以上。相撲が好きでよく部屋に出入りしていたが、関取と間違えられることもしばしばであったという。

父は、私が六歳の誕生日を迎えてすぐに、死んだ。死因は胃癌。戦争を境にした食生活の激変が引き金になったとも思われる。

小さい頃に死なれたので、父に関する記憶はきわめて少ない。

その後私が結婚して独立するときに母から譲りうけた父の形見の品は、色紙が数枚と、朱塗りの小さな銘々膳（丸い四本足の小膳でいまや歪んでしまっているが、子供の頃は誕生日には必ずその小膳で祝いの食事をしたものだった）、それに、飾り用の組み絵皿六枚と、欠けた部分をわざわざ膠《にかわ》で貼りつなげた赤九谷《あかくたに》の猪口二つ、である。もっとほかにも、大きな作品や愛蔵の陶器など、遺品はあったのだろうが、八人兄弟の八男ともなると家を出る頃にはたいしたものは残っていないのである。

そのかわり、私は、父から三つの大きな遺産を受け継いだ。

それは、ハゲと、デブと、食欲である。

父は若ハゲで晩年はツルッパゲ。私はまだそこまではいかないが若い頃から徴候があり、いずれは父と同じ道をたどるものと思われる。また、放っておくとすぐに太る体質である点も同じである。そして……まあ、食欲も、タマゴ十個の玉子焼き、とまではいかないが、やはり父譲りと考えるのが妥当だろう。

ただ、父は酒を飲まなかった。赤九谷の猪口を補修してまで大事にしていたのは、単にその絵柄を賞でてのことに違いない。本人は奈良漬けを食べただけで赤くなる、といった種類の下戸であったという。

父は、官展を脱退して前衛運動に身を投じ、一時はみずから結社をつくって会報などを発行していたが、その会報の中に、美術界の動向に関する記事とは別に、自分の書いたエッセイを寄せている。文章を書くことも好きだったようだが、いま私の手もとに一冊だけ残っているその小誌から、〝ホットケーキ〟と題する一文を再録してみよう（昭和二十一年十月刊『ホクト個人小誌1（創刊號）』より。原文のママ）。

ホットケーキ

（昭和十八年三月）

厚い鉄板の焼けたのに、濃い目にといたのを、そつと手際よくあける。ジユウと軽いすいつくやうな音がしてやがてい丶気分に膨れ上る、あの膨れ上りかたが身上だ。フライ鍋の、わけて今出来の厚くないのをやけに熱したのに、ぶざまにぶちまけた家庭焼のホットケーキはみすぼらしくへたばつてゐて、いつそ雑物を入れてお好み焼にしようといふことになる。そのフライ鍋で、ずいぶん上手に膨れ上るやうになるには、辛抱がゐる。鉄板の厚さと火加減とのそりがよく合ふやうになるのが、そこのこつが一と際むつかしいらしい。わたしの家でも好きから、それにたびたび手を焼きながら焼いてみるのである。

誰が考へたのかあの不思議なみつ豆と、このホットケーキ、それに汁粉をやけに太つてゐた時分から、身体に不似合に、わたしは大いに好んだ。

そつちゆう禁酒がいはれてゐることから、たいていの大人は酒をたのしむらしい。大人の甘党は、子供じみてゐて気がひけるものではある。汁粉やの暖簾をわけて青い顔をした細面の男が出てくるのをみかけると、真夏に水つ湈が出るやうで、みすぼらしさを感じて、みつともないなと、かなりの甘党である自分にさへしみじみ思ふ。そうは思ふが、喫茶店で、コーヒ！と云つたあとで、あのホットケーキが喰ひたくなるのを、どうしようもない。あの愛嬌よくぷつとふくれ上つた、ホットケーキを。

膨れ上つた男が、ふくれ上つたホットケーキを喰ふ図、大ていわかつてはゐるが、茶菓専門の喫茶店なら、肥大漢のわたしでも勇敢であり得た。ところがビールもウヰスキーも呑ませるといふ大きいホールだつたりすると、あつちこつちに泡立つたのを提げて、景気よろしくあたりを見廻しながらかたむけてゐるから、へんにうら淋しく、場ちがひが仲間入りさせられたやうなひけめから、入るとすぐ、ホットケーキとはどなれない。気弱くまづボーイを呼んで、コーヒーか紅茶を注文して、近くの卓子へ女学生などが来るのを期待する。そして折よくホットケーキをかたわらの客のテーブルに見つけると、あゝあれを呉れたまへ、と思ひ出したやうに命ずる。

そんなにして、ある日、ありついてゐるところへ、びつくりするやうな大兵な、まりのやうなからだの持主で、そしていかめしく立派な顔をした紳士が、ゆるぐやうにはいつてきた。そして場の中央に仁王立ちに立ちどまつて、そこらをぐるぐるねめ廻してゐる。ビール党にとりまかれてゐた卓子の中に、自分の置場を求めてゐるようだつたがあひにくどこもふさがつてゐるので、やをらわたしの食卓にゆるぎきて、ずしりと差し向ひに着席したので、わたしは心のうちでひどくまごついた。酒呑みの眼の前に甘党がゐることは、そつちでも不味かろうしこつちものんびりしない。もあいの座席でいゝのなら、あの混んでゐるやうでも、よくみればビール党仲間のそつちの卓子に空席がないでもないのに、いやはやと辟易

してゐると、その紳士がやがて一息ついてから、ボーイを呼び留めて、
あゝわたしにもこれを呉れ給へ、
　思ひついたやうにわたしの喰ひかけのホットケーキを指した。
　をゝ、そこで気軽さに瞬時に浮び上つたわたしは、はははと思はず会心の北叟笑ひをした。依心伝神《ママ》、その紳士も、ちらりとわたしに目礼して、にたりとしたのだつた。
　それから、わたしの二度目のホットケーキと、その紳士のとが、仲よく食卓に向き合つて膨れ上つた四つがゆつたりと一つ仲間になれたのであつた。

　歌舞伎座のそばで、すばらしく大きい鉄板のまへへ、客を座らせて、ぢゆうぢゆう焼いてみせて喰はせてゐる。馴染客であるとその客の思ひのまゝ焼せて思ふさま喰はせる。そんな耳よりな報せに、わたしはいそいそとそこのまへまで出かけたが、いざとなつてためらつてしまつた。場所柄といひ女づれのお客に賑ふてゐるのであろうと、そこで行つたりきたりして思ひあきらめようとしたが、こゝろそゝるものを払ひきれず、うんと腹をすへて、思ひ切つて扉を押すと、思ひきや大の男ばかりがねつた粉の小容器を、一つづつあてがはれて、鉄板をとりまい

て、子供のまゝごとのやうに大はしやぎをしてゐた。
世間はさう心配しないでも渡れるもののやうだ。

父は酒を飲まなかったが、母方の祖父だか曾祖父だかは大酒飲みだった、と聞かされていた。

長生きをした人らしいが、晩年の頃にはほとんど食事をせず、酒ばかり飲んで暮らしていたそうだ。それもスケールが相当大きく、朝一升、昼一升、夜一升、一日三升の酒で栄養を採り、ごはんを食べるとき猪口に一杯くらいしか食べなかった。メシは猪口、酒は茶碗、というわけである。

当然脚色も加わってはいるのだろうが、話半分としても一日一升半。このテの本格的な呑んべえというのはほとんど肴《さかな》も食べず、わずかの塩か塩辛をなめるだけで飲み続けるタイプが多いから、きっと、食べものにはそれほど関心がなかったのではないかと想像する。

一方、甘党の父は、酒は飲まないかわりに大食家であり美食家でもあったようだが、父方の祖父母はどういう食生活をしていたのだろうか。京都の商家、といえば、なかにはカネまわりもよく折り折りに上等な料理を食べていたところもあったろうが、案外（というか定評通りというか）非常にケチで、毎日同じような〝おばんざい〟と残りものばかり食べていた……のかもしれない。とくに父が生まれたゲタ屋はどうやら後年左前になって倒産したらしいから、生活はさほど裕福ではなかったのではないか……。いや、待てよ、逆に、倒産したのは派手にカネを使い過ぎたからで、父が子供の頃には食生活も贅沢だった、とは考えられないかな。

……などと、いろいろと思いをめぐらしてみると、

「食は三代」

という定言が自分にはどうかかわってくるのか、ますますわからなくなってくる。

以前、フランスの有名な料理研究家レイモン・オリヴェ氏が来日した際にインタビューを試みる機会があったことは前に述べたが、そのときのインタビュー記事を左に掲げてみる（『ＢＯＸ』八二年八月号より）。

オリヴェ氏は、もうかなりお年を召されていて、現在では第一線を退いており、料亭グラン・ヴェフールの経営も他人にまかせるようになってきているらしいが、さすがに堂々たる風貌と、深い経験に裏打ちされた見識には素晴らしいものがあった。いろいろな質問をしたが、インタビューの眼目は、

「味覚とは何ぞや」

という一問である。

パリの料亭グラン・ヴェフールの主人で、〝シェフの中のシェフ〟とも〝料理大使〟とも呼ばれるレイモン・オリヴェ。フランスの生んだ最高の料理人のひとりである彼は、同時に、モラリストの伝統を汲む文人でもある。最良の人を得て、その料理と味覚の哲学を訊いてみた。

——時代による料理の変化、あるいは変質ということについて、どうお考えですか。

「芸術は、時代によって変化するものだ。しかし、表面はどう変わったように見えても、基本は変わらない。それは、新しい材料が手に入れば、新しい料理ができるだろうし、生活のかたちが変われば、食べかたも変わろうが、キミ、そろそろ西暦二〇〇〇年になるけれども、みんな一日三回メシを食っておる。だれも、宇宙食の錠剤で済ませてはおらんじゃないか」

——みんな食べ過ぎで、太ることを心配しています。

「一日三回の食事は必要だが、昔のようには肉体労働をしなくなったのだから、量は減らさにゃいかんよ。それが時代に応じた変化というものだ」

――ヌーベル・キュイジーヌについてのご感想は？

「成長をする過程では、だれもが病気をするものさ」

――大ブームを巻きおこした〝新しいフランス料理〟は病気ですか。量は少なめに、味はアッサリと、素材を生かして、というヌーベル・キュイジーヌの方法論は、時代の要請に沿ったものだといわれていますが。

「病気は必要なものなのだ。病状は時間が経つと消えるが、そのあとに新しい感覚を残す。それが進歩につながるのだよ」

――保守派というよりは、進歩派なのですか、オリヴェさんは。

「ん？　まあ、中庸を行く、といったところだね。保守派というのは、新しい経験をすることをいやがる人のことだ。私は日本では、スシを食べるのが楽しみでね。もっともフランスの家では、ステックフリット（ビフテキにポテトフライという平均的なフランス人の常食）を食べてるけど。決して、新しい経験をすることや、異なった文化に出合うことは嫌いではない。むしろ好きなほうかもしれんよ」

――コンピュータで料理をつくることはできますか。

「昔、客船で出す食事のメニューづくりの仕事をしたことがあるが、そのときには、コンピュータで栄養やカロリーを計算して、メニューを決めた。便利なもんだよ」

――電子レンジにも興味がおありとか。

「マイクロウエーブによる料理は、やはりこれからの問題だな。まったく新しい加熱法だから。そんなふうに、料理は刻々と変化していく。でも、一日三回、食卓を囲む楽しさはいつの時代にも変わらない、というわけだ」

――ところで、時代によって料理や食べかたのスタイルは、その基本のところは変わらないとしても、いくらかずつ変化していくとすると、それを受容する感覚、つまり、味覚、というものは、どうでしょうか。これも変化するものでしょうか。あるいは、そもそも味覚というのは、いったい何者なのでしょうか。

「……味覚は、思い出である、といえばいいかな」

――味覚は、思い出、ですか。

「味というのは、すべて思い出の中にあるものだ」

――日本では〝おふくろの味〟といいますが……。

「フランスでは〝オバアチャンの料理〟というんですがね」

――一代違うわけですね。

「いずれにしても、子供の頃に繰り返し食べて記憶した味が、その人のその後の味覚を支配する、というのも事実だし、また、過去に食べものの味を記憶する能力にたけている人は、美食家になれる資格がある、ということもできる」

――すると、グルメになるためには、おいしいものをたくさん食べて、その味を覚えておくことが大切なのですね。

「それも若い頃にだよ。トシをとってからではダメだ。若い頃にどれだけうまいものを食ったか食えなかったかで決まってくる」

――日本では、男性が趣味として、料理をつくるのが流行しているのですが。

「男には、創造しようという本能があり、自分の味覚をつくり出して、他人をそれで説得しようとする傾向がある。女は料理を人のためにつくり、相手の味覚を尊重する」

――どちらがいいのですか。

「レストランの料理と家庭の料理は、まったく違うものだということを、心得ておかなければいけない。それから、男と女とは違うものだということもね」

そういってオリヴェエ氏は、眼鏡の奥の哲学者の眼で、目くばせをした。

なるほど。

味覚とは、思い出である……か。

私は、味覚の錬磨（美食家になるためのトレーニング）は、ある意味で語学の勉強に似ているように思う。

子供のうちなら、新しい言葉を覚えるのに手間はかからない。外国語をしゃべる外国人の子供たちの中に放り込んで遊ばせておけば、しばらくするうちに仲間のしゃべる言葉を自然に覚えて、いつのまにかコミュニケーションに不自由しなくなってしまう。

発音は、十二歳くらいまでに現地の正確な音をマスターしておいたほうがよいらしい。それ以降になると、舌の動きが（たとえば日本語なら日本語の発音に必要な範囲だけに）限定されてしまって、いくら訓練をしても完璧な発音はできないという。それ以前ならば、二カ国語でも三カ国語でも、やりかたしだいではまったく母国語と同じように発音することが可能なのだが。

トシをとるとともに語学の習得はしだいに難しくなる。このことはたしかである。

二十代より三十代、三十代より四十代……のほうが能率が悪い。意欲が湧かないとか時間がないというより、能力が衰えるのであろう。六十、七十になってから新しい外国語を習得するという人は、まったくないわけではないが稀である。

そのかわり、言葉は使わないでいると忘れる。

幼児期を外国で過ごしてその土地の言葉をペラペラにしゃべるようになった子供が、日本へ帰ったあとその言葉を意識的に復習することも生活の中で使用することもなしに過ごしていると、何年かしてきれいさっぱり忘れてしまう、ということはよくあることだ。あるいは、日本で生まれ育った日本人でも、外国に渡って日本語を使わずに過ごす時間が何十年にも及ぶと、日本語を忘れて発音もおかしくなる、というケースが多い。

「味覚は思い出である」

とか、

「子供の頃に繰り返して食べて記憶した味がその人のその後の味覚を支配する」

といっても、それは成長してからでは新しい味覚を獲得できない、という意味ではないはずだ。

たしかに味覚の基礎は子供のうちにつくられるかもしれない。

しかし、人は成長するにつれてさまざまな経験を重ね（子供の頃には食べたこともないようなものを食べ）、少しずつ味覚のレパートリーを広げていくのである。

子供は、感覚が鋭敏なだけに、味を判別する能力も優れているはずである。予断もないし、偏見もない。言葉を覚えるように味を覚えるだろう。が、その一方で、絶対的な経験量が足りない。

オトナは、子供よりもいろいろなものを食べる。発音は正確でないにせよ、数多くの〝単語〟を知っている。もちろん語学に得意と不得意があるように、〝食生活上の一穴主義〟を守り通して頑として一定のモノしか食べない人もいれば、浮気にアレコレを食べ歩いてどんどんレパートリーを増やす人もいるが、食の経験が増えれば増えるほど、二つの外国語をマスターした人が三つめも四つめも比較的ラクにものにしてしまう……のと同じようなことが起こってどんどん味覚の範囲も広まり感度も良好になっていく、といったことは考えられる（食の経験、というのはすなわち食べたものの思い出をいつでも意識的に取り出して利用できる記憶として舌の中にインプットしておくこと、である）。

オトナになってから、自分が子供のときに食べたものの味を思い出そうとすると、すべてが甘色のノスタルジアに彩られていて、どれもこれもとてもおいしいものだったような気がすることがある。

味覚は思い出であるにせよ、〝思い出の中の味覚〟はすでにして変容しており、そのとき私たちは子供の頃の味覚をすっかり忘れていることにも気づかされるのである。

子供は、甘いものが好きである。

これはオトナがそう決めつけている部分もあるだろうが、成長期にはある程度の糖分が必要だとかなんだとかいう理由もつけられるかもしれない。

その子供が少し成長すると、多少、酸っぱい経験を積む。

甘酸っぱい……初恋の味。

青春の日々は、子供時代の甘味にオトナの酸味が混じるから、甘酸っぱいのである。

それが、社会の中堅となり、苦労を積むうちに、甘さがとれていく。そして、酸味とともにたっぷりと辛さ（ツラさ、と読んでもカラさと読んでもいい）を味わう。これを世間では〝辛酸をなめる〟という。

そうして、いよいよ、人は中年、ミドル・エージに至る。そろそろ射程に入る、老いの影……彼は人生の苦さを知りはじめる〝苦み走ったいい男〟というのは、ついに苦味を嚙みしめるすべを知った男に対する讃辞なのである。

甘味から出発して、酸味、辛味、苦味……人の味覚は、だいたい、三十代の後半からの十余年の間に、ほぼその全体像が形成される、と考えてよいのではなかろうか。

そしてこれも語学と同じように、トシを取り過ぎてしまうと進歩がなく、味覚が完成し固定してしまえばあとは何を食べてもダメ。フガフガになった老人は再び子供に戻り、甘いものが欲しいとダダをこねるようになったりもする……。

最近、知り合いの子供がかよっている小学校で、給食試食会というのに出席する機会を得た。本当は両親が出席するべき性質の集まりなのだが、頼み込んで父親のかわりに出かけていって、授業（学芸発表会）を参観したあと大食堂で生徒の親たちといっしょに給食を試食させてもらったのである。

　私が小学生の頃は、給食はそれぞれの教室で食べた。先生は教壇で、生徒は自分の机で、同じメニューの昼食をとった。給食当番が、配膳する。あまり、おいしいと思ったことはなかったが、揚げパンのときだけは喜んだ。小型のコッペパンを丸揚げにして砂糖がまぶしてあるやつだ。これだけはクラスの全員が残さずに食べた。

　いちばん嫌いだったのは、ゴジルの日だった。

ゴジルというのは（ゴジラとは関係ない）〝呉汁〟つまり、水に浸して柔らかくした豆を潰したドロドロの豆汁（これを呉という）をたっぷりと入れ、細かく刻んだゴボウだのニンジンだのといった野菜を煮込んだ汁というかシチューというか、要するにけんちん汁の豆腐のかわりにもっと豆臭い大豆そのものの潰れたやつが入っているグズグズの汁物である。ゴジルがメニューの日は、たいがいの子が食べ残して、バケツ（給食容器）の中身は教室に入ってくるときよりも出て行くときのほうが量が多いようにさえ見えた。

それから、もうひとつ不人気だったものに、脱脂粉乳がある。薄くて、なまぬるくて、終りのほうになるとザラザラした残留物が舌にさわって不快だった。これも好きで飲んでいた子はいなかったのではないかと思う。

さて、ところで現代の給食である。

私が揚げパンや呉汁を食べていた頃から三十年が過ぎた今の、とある小学校の給食のメニューは……

牛乳は、脱脂粉乳ではない、三角の紙パック入りのやつで、ストローで飲む。

ま、それはよい。

主食は、パン。白い食パンが二枚である。

おかずは、チーズ入りの竹輪のてんぷら。小さな竹輪の穴の中にプロセス・チーズの詰まっているやつがあるが、それにてんぷらの衣をつけて揚げてある。当然、みんなの前に運ばれてくる頃にはすっかり冷え切っていて、衣はやや萎れたまま疲れた油

ある小学校の給食メニュー

日	曜日	牛乳	主食	こんだて
9	月	○	コッペパン	うどん、トップフランク、生やさい、マーガリン
10	火	○	米飯	かき卵汁、切干し大根煮物、ふりかけ
11	水	○	双子パン	けんちん汁、とり手羽からあげ、くだもの、チョコクリーム
12	木	○	食パン	コーンシチュー、スライスチーズ、生やさい
13	金	○	米飯	すきやき、野沢菜づけ、のりつくだに
14	土	○	ソフトめん	カレー、ギョーザ、くだもの
15	㊐			（休み）
16	㊊			（休み）
17	火	○	ゆかりご飯	豚汁、魚フライ味付き
18	水	○	双子パン	ワンタン汁、とりササミフライ、みそドレサラダ、ジャム
19	㊍			（スケート大会）
20	金	○	きのこご飯	とうふ汁、ウィンナーベーコン巻き
21	土	○	ソフトめん	ミートソース、ゆで卵、くだもの
22	㊐			（休み）
23	月	○	コッペパン	クラムチャウダー、伴三絲、プリン、ピーナツクリーム
24	火	○	米飯	カレー、ごまみそドレッシング
25	水	○	双子パン	すいとん、豚肉チーズ巻き、生やさい、ブルーベリー
26	木	○	ハムサンド	ラーメン、くだもの
27	金	○	米飯	みそ汁、えびフライ、レモンキャベツ、くだもの
28	土	○	ソフトめん	天ぷらうどん風、アーモンドチーズ、くだもの

を滲み出させており、中を開けるといったん溶けかかったチーズが再び固まって不定形に穴からはみ出している。

パンとおかずのほかに、汁物が一品つく。その汁物は、うどんであった。浅い小鉢に張られた醬油味の汁の中に、刻んだ野菜といっしょに細いうどんが漂っている……。

それらの一式がお盆にのせられて目の前に運ばれてきたとき、私は一種不可思議な感動にとらわれた。

パンにうどんに竹輪のてんぷらと牛乳。

いったいどういう天才的な頭脳がこんなクロスオーバー献立を考え出したのだろうか⁉

ところが、試食会から帰ったあとその小学生の子に聞いてみると、たしかに竹輪のてんぷらはあまりおいしいほうの給食ではないが、それでも私が驚いたような〝取り合わせの妙〟的なメニューはとりたてて珍しいわけではないという話だった。

最近の子供たちは、実にさまざまの食べものを、奇妙奇天烈な組み合わせで食べているようである。

私はその事実に興味を持ち、早速その子に頼んで、生徒に配られる三週間分の献立をプリントした紙を一枚もらった。一一七ページの表がそれである。

注釈をつけ加えると、双子パンというのは丸い山型のパンが二つつながったもの。ソフトめんはカップに入った柔らかいラーメンのごときもので、ついてくるスープやシチュー（カレー）などをかけて食べる。この学校では土曜日も給食があり、その日は給食を食べてすぐ下校するのである。

見ておわかりのように、主食は曜日によって決まっている。火曜と金曜が米飯。月曜がコッペパンで水曜が双子パンで木曜が食パン、そして土曜日は必ずソフトめん。これは不動のラインナップなのである。

おかずのほうは、週により月により、多少の繰り返しはあるものの、とくに規則性はなく移り変わってゆく。

それはいいのだが、問題は、おかずのメニューを考えるときに、それと主食との関連についてはほとんど考慮が払われた形跡がない、という点だ。あるいはこの表では米飯のときにだけはいちおうそれなりに似合う副菜がついているから、コメのメシに対してのみは常識が働いてそうなるのかもしれないが、主食がパンとなると想像力は奔放に飛翔してとりとめがなくなってしまう。

コッペパンにうどん。

女子大生Aの１週間のメニュー

曜日	朝	昼	晩
月	コーヒー、トースト１枚	牛　乳、パン２個	鶏の唐揚げ、サラダ、ごはん、みそ汁１杯
火	な　し	牛　乳、パン２個	ラーメン
水	おむすび１個、みそ汁	牛　乳、パン２個	シーフードスパゲティ、プリン
木	な　し	グレープフルーツジュース、パン２個	タコの刺身、ごはん、みそ汁
金	コーヒー１杯	玄米パン、ジョージア(コーヒー)	チャーハン、スープ
土	コーヒー１杯	な　し	サーロインステーキ、サラダ、デザート、ワイン
日	目玉焼き、サラダ、トースト１枚、コーヒー１杯	ロールケーキ、紅　茶	おすし、おから

一般的にいって女子大生は、体格がいいわりには、ロクなものを食べていない場合が多いようである。食事はしばしば不規則で、栄養のバランスも悪い。その不足をたまの（ボーイフレンドとの？）レストランでの外食で補おうというのだろうか、土曜の昼はヌキで、夜に目一杯食べようという意気込みが凄い。

女子大生Bの１週間のメニュー

曜日	朝	昼	晩
月	レバー炒めライス、アクエリアス	蒸しパン、おむすび、缶ジュース	揚げギョーザ、レタス、肉じゃが、ひじき、ドラ焼き、アクエリアス
火	ごはん、キュウリとワカメのサラダ、たくあん、ジュース	菓子パン りんごジュース	冷やしキツネうどん、ミルクゼリー
水	ヨーグルト	ドリア、ジュース	カレーライス、アクエリアス
木	インスタント 玄米雑炊	菓子パン、ポカリスエット	酢豚、卵焼き、アイスクリーム
金	バターロール、ハム、ゆで卵、コーヒー	スパゲティ、アクエリアス	ドリア、ジュース
土	カレーライス	ツナサンド、カロリーメイト、ポカリスエット	ポテトチップス、ジャガイモ、枝豆、おむすび、水割り、酎ハイ
日	ごはん、みそ汁、サラダ、大根の煮物	みたらし団子、アクエリアス	ごはん、みそ汁、焼肉、サラダ、お新香

自宅から通学している学生は、自宅で食べている限りはいちおうまともなものが食べられるわけだが、外食となると途端にイイ加減になってしまう。それにしてもスポーツドリンクが好きなコだね。朝からレバー妙めライスを食べるのもなかなか個性的である。

双子パンにすいとん。

ハムサンドにラーメン。

腹を空かせて大衆食堂に飛び込んだ肉体労働者が食べるようなメニューではないか。

しかし、子供たちは、とくに疑問を抱くわけでもなく、黙々とそれを食べて、和洋中主食副菜の闊達な組み合わせに慣れていくのである。

チーズ入り小型竹輪も、そのまま並べてビールのおつまみにするなら悪くない。しかし、てんぷらにして、しかも冷え固まったやつを、食パンといっしょに食べるのはいかがなものか。しかもその食パンを食べながらうどんをすするのである。

それでも私は、なんとか食べた。

うまくはないが、これも経験、と思ったからだ。

隣に座っていた別の子のお父さんは、盆の上を見つめたまま食欲がないようだった。

そして私が食べ終るのを見届けると、

「あのー……、竹輪、お好きなんですか。よかったら私のも食べてください」

と小さな声で言った。

小学校の給食試食会に出かけていった数カ月後、こんどは某女子短大で講義をしないかという誘いがあって三回ほど女子大生を前に話をした。そのときに百人くらいの女子大生に、毎日なにを食べているか、一週間のメニューを表に書いて教えてくれと頼んだ。

別に女子大生の私生活をのぞき見たいというわけでもないし、他人がなにを食べていようととやかく言う筋合いはないのだが、一週間分の献立を表にしてみることは本人にとっても自分の食生活に対する認識をあらたにする良い方法でもあるし、私にとってはひとつの時代史の断面を見るような興味を起こさせてくれるのだった。

その中からアトランダムに選んだ二つの例を参考までに掲げておくが、どうだろう、さきの小学校の給食の表とくらべてみると、さまざまの感慨が湧かないだろうか。

こういう世代が（調査の対象となった女子大生は十九～二十歳。小学校の給食は全校同一だから対象は六～十二歳。ひとくくりにすればひとつの同じ世代と見ることができる）、遠からずして親となり、子をつくり、その子供がまた親となり、子をつくる。食は三代。三代目は、いったいどんなものを食べているだろう？

二十一世紀のオフクロの味

私はときどき、

「二十一世紀のオフクロの味」

について夢想することがある。

オフクロの味というのは、幼児期に貯えられた食べものに関する思い出が、ある時期を境にドッと甦ってきて懐しくてたまらなくなる、という現象にかかわるものである。

この現象は、若い男でも結婚をしたときに（妻を母親の代替物として見ることから）生じることがあるが、基本的には、〝味覚の成長期〟をいちおう終えて、いよいよこれからは、よくいえば保守安定、悪くいえば老年期の味覚の退行現象の前触れ、の時期に（とくに妻にないものねだりをする自分で料理をつくらないワガママな男に）生じるもので、外ではソバとラーメンと焼肉定食、ウチではカレーとスパゲッティーとサラダとシチューみたいなものしか食っていないのが突然、

「昔オフクロが煮てくれたカボチャの味が懐しい」

と言い出して妻を困惑させる。すでに彼のイメージには大量のノスタルジアが混入しており、物理的に再現が不可能な状態になっているにもかかわらず、である。

現在のところ、まだそのオフクロの味は、カボチャの煮つけであれ、ジャガイモの煮っころがし（煮っころばし、と発音する人もいる）であれ、とにかくイメージとして

は和食の範囲にとどまっている。

しかし、それは、

「日本人はトシをとると誰でも和食が食べたくなるものだよ」

という、よく言われる言葉の正しさを裏づけるものでは決してない。

ただ単に、今のオトナたちは、子供の頃におもに和食ばかり食べていたから、そのオトナが子供に帰るトシ頃に、昔食べていた和食を思い出す、というに過ぎない。子供の頃にシチューとグラタンとドリアばかり食べていたとしたら、トシを取って思い出す食べものもシチューとグラタンとドリアに限られることはいうまでもないではないか。

「二十一世紀のオフクロの味」

について、だから私はたとえば次のように夢想するのである。

いまの子供たち——二十一世紀のオトナたち——は、おもにレトルト食品と添加物入りスナックとファミリー・レストランのジャンク・フードで育っている。

しかし、ひょっとすると、これからはその反動で手づくり食品とか無農薬野菜とか無添加自然食とかいった、ヘルシーやダイエットの食品群がますます一般に広まって、どこのスーパーでも棚はすべてそういう食品で占められるようになり、どこの家庭でもそういう食品をごくふつうに毎日食べるようになる、そんな時代になるかもしれない。レトルト食品、添加物入りスナックは食卓から姿を消す。

二十一世紀。某年某月某日、某家庭。

家族が囲む食卓の上に並んでいるのは、産地直送の清浄野菜のサラダに無菌養殖の魚の塩焼き――塩は当然ニガリ入りの自然塩だ――ごはんも無農薬水田のコシヒカリ、味噌・醬油は地方農家の手づくり品を近所のスーパーで買ってきた（そういう流通のしくみが前世紀から一般化している）ものである。〝日本型食生活〟の見直しがいわれて以来、カレーとかトンカツといった古くからの折衷料理を除けばカタカナ名前の外国料理もほぼ食卓から駆逐されており、以前とくらべると人々の食べものは非常に和風となっている……。

お父さん、四十五歳。

お母さん、……（いくつにしようか）。

ま、何歳でもいい、とにかく二人とも世紀末に少年少女時代を過ごした人である。

「そういえば、日本人の食生活も、この二、三十年でずいぶん変わったねえ、お母さん」

「そう、ホントにそうね。私たちの子供の頃は貧しくて、インスタント・ラーメンやハンバーガーや塩味スナックばかり食べたものよね」

「そういえば、あったね、マダム・ヤンだとかさ」

「人類は麺類です、とか」

「お、おまえ、古いなあ……あんなの覚えてるトシか」

「あなただって古いじゃない。きのう、ほっかほか弁当が懐しいだなんていってたくらいだもん」

「おっとっと、って覚えてるか」

「おさかなのかっこうしたスナックでしょ」

「佐藤くんは？」

「そうそう、そんなのあった、人の名前つけたスナックね。じゃあ、がんばれ玄さんは？」

……昔を懐しむ二人の会話は尽きるところを知らない。

次々に、前世紀の一時期に流行した食べものの名前が挙がる。そういうものが巷から姿を消してすでに久しいのだ。

「懐しいなあ」

「……おいしかったわね」

「オフクロがな、よくほっかほか弁当の、ノリベンな、あれ、買ってきて食べさせてくれたもんだよ」

「お母さんの、愛情がこもっていたのね」

「昔は良かったよ。この頃は、オフクロの味なんてどこを探したってないもんな、自然食品と健康食品ばっかしでサ」

「ああ、私も思い出したわ。添加物と保存料のいっぱい入ったスナック菓子、もう一度思いっ切りたくさん食べてみたいなあ」

　需要があれば、供給が追いつく。

　その後、あちこちに、

「オフクロの味」

　を売りものにする食堂・レストランがあらわれ、昔懐しいレトルト食品やインスタント・ラーメンなどをパッケージごと復元したものをブランド別に取り揃えて注文に応じて料理するやりかたで人気を博するようになった。どの店も、家へ帰っても食べられない昔風の料理を求める男たちでいっぱいで、子供用のスナックをヨダレを流しながらむさぼりつつ、江川と原の若い頃の話に夢中になっている風景が見られたという。

摩耶《マヤ》、由加里《ユカリ》、梨花《リカ》、杏奈《アンナ》。

この何年かのあいだに生まれた、私の友人や知人の娘たちの名前である。

良子、安江、美智子、恵子。

これはその娘たちの母親の名前である。

いまから、六、七十年すると、アンナとかリカとかいう名前はひどく古めかしい〝おばあちゃん名〟として人々に嫌われるようになるであろう。マヤばあさん、ユカリばあさん。

その頃に生まれる女の子たちには、親はこぞって良子とか、安江とか、美智子とか、そういう新鮮な感じのする名前をつけたがるだろう。もっとススんでいる人は、貞《さだ》、だとか、留《とめ》、だとか、虎《とら》、だとかいう、グッとファッショナブルな名前をつけはじめるかもしれない。もちろんそれが、三代前にはごくありきたりの名であったことを意識はせずに――。

年々歳々花相似たり
歳々年々人同じからず

すべからく憐むべし半死の白頭翁
これ昔紅顔の美少年

かいわれのみち

安野光雅

「友よ、夜が明けたら、口をすすぎ手を洗い、皿にパンをのせねばならない。パンの上に火に焙《あぶ》った海苔をのせ、海苔の上にかいわれ大根を並べ、数滴の醬油を落さねばならない。その後パンを二つに折り、ナイフでそれを少しずつ切って口に運ばねばならない。ただし食前には祈りにも似た言葉を唱えることを忘れてはならない。それは〝なぜ諸人これを食べざるや〟という意味のことを各自の言葉で、胸の中で唱えること。ただあたりをはばかり敢て口に出す必要はない。」

陶器の皿を使う場合には紙をしくのがよいのですが、私は木の皿を使っております。これは刃物を痛めたり、音を立てたりすることを防ぐためです。パンは少し焼いても良く、バターをつけることも自由とされております。又、レモンをしぼってこれにかけたり、薄荷《はっか》の葉を入れたりするとよいという人もありますが、基本をあまりくずすことはいかがなものか、と考えております。尚ミルクやコーヒー等をいっしょにのむのは自由とされております。

ここまで辛抱して読んで下さった、あなたなら、「友よ」と呼びかけることを許して下さるでしょうか。もしそれを汚らわしい、とお思いでしたら、どうか、これ以上この文章をお読みになりませぬよう。私は、心をこめて、いまから「友よ」と呼ばねばならぬのです。はじめに、お断りしておきます。これは宗教ではありません。宗教でない証拠には、税金を収めております。どうか、わらわないで下さい。

友よ、若き友よ、あなたはシャリアピンという歌手を御存知であろうか。その昔あのボリス・ゴドノフは彼によって形が完成したとたたえられた。一九三六年、日本にも来て大変な評判となったが、そのシャリアピンが帝国ホテル滞在中に、独自の調理法によるステーキを伝えたため、今でも帝国ホテルのメニューにはシャリアピン・ステーキという名が残っている。今では歌手の名は知らなくても、料理の味は知っているという人の方が多くなった。いわば、それほど時間がすぎたということであろう。

友よ。若き友よ、あなたはストーン・ブレイン博士を御存知であろうか、御存知あるまい、残念ではあるが、彼はシャリアピン程高名ではなかった。日本に滞在して三冊の本をかいた。日本に帰化したいというのが口ぐせになるほど日本を愛し、また理解した人であった。先にあげたかいわれサンドイッチこそ、このストーン・ブレイン博士が愛好し、その調理法及び食べ方の作法を伝えられたものである。

友よ、若き友よ、サンドイッチ公爵を御存知であろうか、いわゆるサンドイッチは、この公爵の名に由来するのであるが、その本当のことでさえ、本気にしてもらえない程時間が経ってしまった。それなのに、それを解説して雑学ぶりをひけらかすのは、やはり羞《はず》かしいので、その話はここでやめよう。

友よ、ここまで申し上げると、かいわれと海苔によるサンドイッチを、かいわれサンドと呼ぶのでなく、「ストーン・ブレイン・サンド」と呼び、彼の名を後世に伝えたいという私、いや（今や私たちといった方がいい）、我々の考えが判ってもらえるだろうか。

私たちは、仮称「ストーン・ブレイン・サンド友の会」を組織し、後日、帝国ホテルに行く機会の度毎にこのサンドイッチを注文し、やがて我がストーン・ブレイン・サンドが正式のメニューとして登録されるまでこの会をつづけることを誓ったのである。や、おわらいになったな、何かおかしければ、ここまででおやめいただきたい、重ねて申し上げる。もし、およみになるなら、我々の誇りを尊重することを約束し、どうかおわりまでお読みいただきたい。

いま、私たちは、といいました、その複数のメンバーには沢山の著名人を含んでいますが、著名人を利用してこの組織をひろげようとしていると思われると甚だ心外なのでしばらくはその会員の名を明らかにしない予定です。

会員でなくても、どうか先に述べたストーン・ブレイン・サンドを試していただき、趣旨に賛同していただけるようでしたら、メンバーに加わっていただきたいと考えております。

友よ、これは、誓って利益を目的とする団体ではない、この会を政治活動や宗教活動或いは商業宣伝に使ってはならない。この会は、かいわれ、パン、のり、しょうゆ等のメーカーと何等の関係もない。この会は宗教にまぎらわしくはあっても決して宗教活動ではない。この頃、ストーン・ブレイン・サンド友の会の名を騙《かた》って、皿やかいわれを売りつける者があると聞くが、私たちの会は決していかがわしいことはしない。もし会員の中にその様な人がいたら即刻除名とする申しあわせになっている。但し、かいわれサンドイッチの薬効や神霊的効用は否定できない、このことについては、その薬効の体験談を会員だけに配る会報にのせるに止め、その薬効を宣伝して会員をふやそうと考えてはならない。

大阪に住む会員Nさんからは、しらがが急に黒くなりはじめたと報告があり、和歌山のUさんからは学業成績が急上昇したといわれ、山口のTさんからは医者も見はなした癌《がん》の進行がとまったといったような報告がありました。東京支部の会合では、会歌やマーク、バッヂを作ろうという提案がありました。近く募集する予定です。

この「ストーン・ブレイン・サンド」について、三年ばかり前朝日新聞家庭欄が、近くは週刊新潮が取りあげてくださいましたが、但し、そのときはまだ「かいわれサンド」という通称が使われています。

友よ、若き友よ、白眼視と嘲笑に耐えてきた友よ、会員を増やすためにパンフレットを配ったり、家庭訪問をしたり、スピーカーで呼びかけるなどはためいわくな運動をしてはならない。かといって秘密結社のように陰にこもる必要はない。会員であるかどうかを人から聞かれれば誇りを持って答え、それがあざけりのもとになるようだったら、笑って羞かしげにふるまい、「全くおかしな会だ、近くやめるつもりだ」などというに止め、人の無理解に抵抗する必要は全くない。

滋養は豊富、風味は絶佳、驚異の薬効、稀代の霊験、現代科学をもってしても解けぬ不老長寿的超薬学的健康食品！　ドクター・ストーン・ブレインの創案になる家庭必需的ダイエット食品、東洋一の味覚、食卓の精華、新妻の誇り。映画、テレビ・スター、歌手、コンピュータ技術者、テレビ・ディレクター（特に名を秘す）がこぞって、最高の料理の中のひとつと言っているという噂を聞いた人があるという説がある。

友よ、わが友よ、あげつらったストーン・ブレイン・サンドの霊薬的効果がないといって怒ってはならない。少しでもこの世の、いわゆる、うまい話に対する抵抗力がつくならば、それが何よりの効用なのだから。

〔付記〕

オランダは世界的な花の生産地で、花や野菜の良質の種が輸出されているが、この写真はアムステルダムの空港で売っていた種の袋である。

我が、かいわれサンドの欧米版で、既に〝かいわれのみち〟も欧米に普及している。

として悦に入るために、この種を買った。

一月ばかり前、さるレストランで料理を主とする、ある雑誌の編集者たちと、パッタリ会ったので、「ストーン・ブレイン・サンド」という疑似宗教をやっているんだ、と宣伝したら、大いに賛同するのでその雑誌にとり上げさせてくれ、といった。ひとしきり話がはずんだのだったが、そのうちの一人がいうに、「ストーン・ブレイン・サンド」では多くの人々が集められない、〝かいわれのみち〟と名のるのが思わせぶりで良いのではないか、といった。

で、この章は〝かいわれのみち〟という題にし、後日改訂を加えたいと考えている。

私のカレー・ライス

宇野千代

私と東郷青児とはその頃、世田谷の淡島で、あれは何を指して言ったのでしょうか、コルビジェ風と言われていました、その頃としては最新式の、洋風建築の家の中で住んでいたのでした。

中身はどうでありましても、外側から人が見た限りでは、全く、人の見る目も羨ましい、と言うような生活をしていたものでした。東郷はその頃、パリーからの新帰朝、と言われていましただけありまして、住む家も着る洋服も、フランス直輸入のものばかり、かと思われていましたのでしたけれども、住む家と着ておりますものとは、正に、その通りであったとしましても、おっとどっこい、朝晩、食べていますものだけは、今日もコロッケ、明日もコロッケではございませんで、今日もライス・カレー、明日もライス・カレーだったのですから、吃驚仰天《びっくりぎょうてん》するのではないでしょうか。

それにしましても、パリーで生活しておりました間中、東郷青児がライス・カレーばかり食べていました筈が、どうしてあるでしょうか。では、どうして、私と一緒になりましてから後の東郷が、今日もライス・カレー、明日もライス・カレーにばかりなったのでございましょうか。

それは一途に、私が腕によりをかけて、そのライス・カレーにつける薬味を、新しく考え出した、その私の腕前にあったのではないでしょうか。日本風のライス・カレーなどと言いますものが、東郷青児のパリーでの生活の中に、姿を現わします筈が、一体、あるものでございましょうか。

そのとき、私が東郷と一緒に暮らしていました淡島の家には、広い、洒落た応接間がありましたのは、あなたも、よくご存じですね。その応接間に、漆塗りの真っ黒な、それは大きな円卓子が、でんと据えてありまして、そこにライス・カレーの出ますときには、もう、二十種類くらいもあるライス・カレーの薬味が、その黒塗りの円卓子の上に、ずらりと列べて出してありましたでしょう。

その薬味の一つ一つを、私が作らなければなりませんでしたから、それは、もう、とても忙しかったのですが、東郷はその薬味に一々、目をとめて、それは満足そうに、そして自慢そうにして見ていましたのを、いままでも、私は忘れることが出来ません。

「これは旨い」と言っては東郷青児が、その薬味を、ライス・カレーの薬味として食べるのではなくて、一つ一つ、手で摘んでは食べるのでした。

中でも、筍の乱切りに小さく切って味をつけて煮たものに、山葵をまぶしたのなどは、それだけを摘んでは食べていました様子など、いまも、目に見えるような気がしますのです。

私もそんな東郷青児のしぐさが面白くて、つい、今度は、どんな薬味を作ろうかなどと、薬味作りに精を出すようになったのです。おかしいではありませんか。人間と言うものは、つい、人の好みに調子を合わせて、思わず、何か新しいことを考えついたりするものなのです。

しかし、ライス・カレーのときだと言いますと、いつでも、二十種類以上の薬味が、ずらりと黒卓子の上に列ぶものですから、それはとても壮観でございましたよ。

「まあ、何てきれいなライス・カレーなんでしょう」と言って、私の作ったライス・カレーを見たお客さまは、異口同音にそう言って、喜んでくれるのですが、一体、世の中に、きれいなライス・カレーなどと言うものがあるでしょうか。

ところが、それがあるのです。見た目にも華やかな、まるで、お花畑みたいなライス・カレーがあるのです。などと言って、勿体ぶらずに、あっさりとお話しすることにいたしましょうね。

実は、御飯にかけたカレー汁の上に、細かく賽の目に切ったポテトや、人参のほかに、グリンピースなど、まるで花が咲いたように散らしてあるのです。

それにしても、どうして私が、こんなカレーを作り出す気になったのでしょうか。それは或る日、ふと、こんなことを考えたからなのです。

「なぜ、カレーと言うものは、肉と野菜を一緒にして煮込まなければならないのだろうか」

と、そう思ったのでした。もともと私は、煮崩れた馬鈴薯などが這入っている、この料理と言うものが、あんまり好きにはなれなかったからです。

「何も肉と野菜を一緒に煮込まなくても好い。野菜はあとから、カレーの上に散らせば好い。野菜の旨味が大事だと言うのなら、野菜をゆでた汁を捨てないで、スープとして利用すれば好いではないか」

と、そう思ったのでした。この方法でしたら、野菜はあらかじめ、ゆでてありますので、煮崩れて、デロデロになる心配はありません。而も、色彩的にも美しい筈ではありませんか。

いままでに、こんなに素敵なカレー・ライスがあったでしょうか。そう思いますと私は、この思いつきに、もう、夢中になって了いました。それから、夢中になった序でに、この上はただ見掛けだけではなく、頬っぺたも落ちるような旨いカレーにして、みんなを吃驚仰天させてやろうと、張り切って了ったと言うのですから、我ながら、呆れ返るではありませんか。

この新機軸のカレーを作るために、まず、私は牛の挽き肉を買って来ました。いつもの肉ではなく、挽き肉を買って来ましたのは、私の心に、或る閃きがあったからなのです。

私はまず、玉葱の微塵切りを、バターでいためることから始めました。玉葱が色づいた頃に、挽き肉を加えて、さらに、よくいためます。

それから、ポテトと人参の賽の目に切ったのを、ゆでた汁に注ぎます。煮立って来たら弱火にして、アクを取りながら、煮続けます。賽の目切りの野菜は冷めないように、湯煎に掛けて温めておきます。ゆでたグリンピースも温めておきます。

そして、フライパンにサラダ油を敷き、メリケン粉を弱火でいため、粉臭さを抜いてから、カレー粉を入れて、いためたものを作っておきます。

先刻の肉汁の中に酒を入れ、コンソメスープの素を加えて味をつけます。この汁でカレー入りの粉を溶いて肉汁を加え、適当にトロミをつけます。

私がこの、挽き肉入りのカレーを作りましたのには、訳があるのです。と、言いますのは、この日はお客さまが何人来るのか、ちょっと見当がつかなかったからなのです。この、挽き肉入りのカレーならば、肉が足りなくてお客さまに、わびしい思いをさせないでも済むのではありませんか。また、もし、カレーが足りなくなったら、スープをちょっと加えるだけで、たちどころに、四、五人前くらいは増やすことが出来るではありませんか。挽き肉からは、旨味も充分に出ています。それに食べ易くもあり、消化も好い筈です。うちの者たちに、味を見て貰いましたところが、

「あら、先生、とてもおいしいではありませんか、このカレー」

と、そう言ってくれたではありませんか。この新機軸のカレーは、これで、お了いになった訳ではありません。まだ続きがあるのですから、どうぞ聞いて下さい。

さて、この上に、私は何をやり出したと言うのでしょうか。それは、このカレー・ライスに向く、薬味を用意したのです。それも、一つや二つではありません。何と、十種類以上も取り揃えたのでした。花らっきょうや、福神漬け、紅生姜などは当たり前のこと、ゆで卵、松の実、オリーブの実、各種ナッツの刻んだもの、それに薄切り玉葱、胡瓜のピクルス、それに缶詰めの蜜柑まで添えたのです。

これらのものが列んだ食卓の上の光景を、どうか、想像して見て下さい。そこに、ゆでた野菜を彩りよく散らしたカレー・ライスが出て来ると言うのですから、お客さまが目を見張るのも、無理はありません。どうも、こう言うところが、「やり過ぎる」私の性癖で、いつでも、うちの者におこられるのですけれど、

「でも、お客さまは、あんなに喜んでくれたじゃないの」

と言って、私はけろりとしています。全く、こう言うカレーは、料理屋では絶対に食べられないものですから、ぜひ、誰方《どなた》もお作りになって、お友達を吃驚仰天させてお上げになっては如何ですか。

居酒屋の至福

川本三郎

町のなんでもない居酒屋でひとりで飲むのが好きだ。ビールを大びんで一、二本。肴を二、三品。滞在時間はせいぜい一時間ほど。ビールを飲みながら親爺さんが炭火で焼鳥を焼くのをぼんやりと眺めたり、テレビの相撲中継やナイター中継を見るともなく見る。煮込みや湯豆腐、あるいは枝豆やあんきも、いか納豆を肴に飲んでいるうちに、仕事のことも面倒臭い人間関係のことも忘れ、いつしか忘我の桃源境にいる。一日の終りのささやかな至福のときである。

東京の下町をひとりで歩くのが好きで暇があると隅田川や荒川沿いの町へ出かけて行く。ひと仕事終えて午後から出かけていくから、歩いているうちに夕暮れになる。そうなると居酒屋に入ってひと休みしたくなる。

さてどこに入るか。これで案外いい居酒屋というのは少ない。まずチェーン店は避ける。アルバイトの学生がいるような店にはいい店はない。カラオケがあるところは問題外。水商売っぽい女がいてビールのことを「おビール」というような店も避ける。消去法で消していく。残るのは家族でやっている小体《こてい》な店。従業員の顔ぶれが何年も変らない店。なじみ客がいばっていない店。なんといっても肴が豊富でひと工夫されている店。客に無駄な愛想をふりまかない、いい意味でぶっきらぼうな男っぽい店。ビール一、二本でうるさい注文をするなと怒られそうだが、一日の終りのささやかな至福のときを大事にしたいからこそ慎重にいい居酒屋を選びたいのだ。そしていい居酒屋にはひそやかに何度も通う。といっても決してなじみにはならない。ただ淡々と何度も何度も通う。

深川の森下町にあるYなど居酒屋好きにとっては最高の店といっていいだろう。開店は五時だが、開店前から行列が出来る。安くて肴がうまいのだから人気が出るのは当然。入ったらまずカウンターに座る。カウンターがあるというのは一人客を大事にしているということだ。開店と同時にカウンターはたちまち満席となる。何年も通いつめている男たちが静かにひとりで飲みはじめる。気のいいおかみが焼とんを焼くのを眺めながらビールやチューハイを飲む。

肴はなにはともあれ煮込みだ。この店の煮込みは煮込みの概念をこえている。シチューといったほうがいい。肉はとろとろに柔らかくコンニャクだの大根だの余計なものは入っていない。これをガーリック・トーストといっしょに食べる。居酒屋でガーリック・トーストを出すのはこの店くらいだろう。

煮込みとビールでまずは一段落。次は何にするか。酒はチューハイにして肴は……、子持コンブのしょう油漬、ナスがまるまる一個ごろんと皿に盛って出てくるぬか漬ナス、くさや、サザエの刺身、こはだ酢、さばの立田揚……どれも食べたい。大いに迷う。今日は久しぶりにくさやにするか。

ここは男の客だけでなく近所のおかみさんもいる。ベテランのキャリアウーマンもいる。ふつう女の一人客はさまにならないものだがここでは店の活気に溶けこんでいる。店内が案外広く、客は大勢入れるからひとりひとりが目立たずにすむ。目立たずに飲めるというのもいい店の条件のひとつだ。ビール一、二本で至福になれるためには、その店のなかでは匿名性が保たれることが大事になる。自分のことを知っている人間が一人もいない店でひとりひそやかに飲むことの心地よさ。都市生活の楽しみのひとつである。

Yで飲んだら次は歩いて五分ほどのところにあるUに足を向ける。東京でいちばん人気のある居酒屋といっていい門前仲町のUの支店。門前仲町のほうは四時開店とともにたちまち満員になりめったに入れないが、森下町のほうは少し待てば座れる。

この店はみごとにカウンターだけ。一人客中心で、仕事が終ったあとひとりでしみじみと飲みたいと思っている男たちにとってこれほど有難い店はない。コの字型の長いカウンターが二つ並んでいる。六、七十人は入れるか。カウンターのなかをおかみさんたちが忙しく働いている。テレビもない、音楽もない、無論カラオケもない。ただ酒と安くてうまい肴があるだけ。シンプルな居酒屋の原点のようなところだ。

荒煮はいまだに五十円。あとの値段は推して知るべし。鯛の刺身を頼んだって千円札でおつりがくる。周囲には品書がまるで大相撲の力士札か千社札のようににぎやかに張ってある。これが店内の最高の〝インテリア〟。その品数の豊富さと値段の安さは都内随一といっていいだろう。品書を眺めているだけで幸福になる。この店なら二千円も持っていたらもうお大尽だ。客の大半は近所の職人、商店主、工員、サラリーマンだが、なかには毎日のように来る中年の夫婦もいる。ここでも中年女性がひとりで飲んでいる。ひとりひとりが至福の状態にあるから、誰が飲んでいようが気にしない。気にならない。

居酒屋のよさは平等であることだ。なじみもふりの客もない。金持も貧乏人もない。男も女もない。みんな平等。共通しているのは、みんなひとりでしみじみと酒を飲むのが好きなこと。一日の終りにそうやって、よく働いた自分を祝福している。自分で自分を励ましている。しかもみんな自分のポケット・マネーで飲んでいる。会社の接待で有名料亭に行って〝行きつけの店〟などといっている野暮な人間はひとりもいない。わずか千円でも自分の金だ。文句はいわせない。勘定するときに領収書をもらうやつはまずいない。

Uで唯一困ることは、おばさんたちが忙しすぎて客の注文をさばき切れないこと。注文してもすぐにくるとは限らない。よく一、二品は忘れられる。といって催促するのも申し訳ない。そこで通い慣れた客は多めに注文しておく。それで丁度いい。客が帰ったあとに注文の肴が出てくることがよくある。そういう場合はどうするのか？　心配はない。おばさんは他の客に「イカ刺し、どなたかいりませんか？」と大声でいう。たちまち二、三人の手があがる。

ここはまた品書にない名物がある。〝スペシャル〟と呼ばれている。どんぶりのなかに残りものの魚や貝をなんでもかんでも入れた特製のスープだ。ハマグリがあるかと思えばエビもある。サザエやトコブシがごろんと一個入っているときもある。実に豪快。これで五百二十円なのだから店の人に頭を下げたくなる。

森下町から西に歩くとすぐ隅田川。夜風に吹かれて隅田川を眺め、新大橋を渡ると人形町はもうすぐそこだ。人形町に来たら甘酒横丁のSに行かない手はない。ここも最高に素晴らしい居酒屋だ。都内の居酒屋のベスト3を挙げろといわれたら、ためらうことなくYとUとこのSを選ぶ。

ここも午後五時の開店とともに満席になる。しかもYとUに比べるとずっと小さい。カウンターは十五人座れるか座れないか。そのかわり夜十一時までやっているから、遅めに行くと座れる。銀座で夜、映画を見たり芝居を見たりした帰りにここに寄るといい。

カウンターには大皿に筑前煮やポテトサラダ、カレイのから揚げ、サンマのみそ煮、カニ玉などその日の肴が山盛りになっている。それを見ただけで幸福になる。今日はどれにしようか。

カウンターのなかが包丁のふるいどころ。調理するのは主人はじめ男ばかり三、四人。無駄な愛想はいっさいない。といって老舗にありがちな勿体ぶった気取りはない。間違っても客に説教するような心得違えはない。客の注文を聞いてただ黙々と肴を作る。包丁さばきは鮮やかで、料理するのが好きでたまらないという調理人の気持が黙っていても伝わってくる。客も黙ってそれを受けとめる。「うまいね、おやじ、これ」なんて余計なことはいわない。うまいと思ったら次にまた来て、黙ってそれを頼めばいい。

ここは珍しくネギマがある。落語にも出てくる江戸庶民の食べもの。マグロとネギを醬油のだしでさっと煮ただけのものだが、近年あまり他ではみない。まず小鍋にだしを入れる。煮立ったところへマグロを放り込む。最後に長ネギを入れる。このとき調理人は左手に長ネギを一本持ち、それを小鍋の上にかざすと右手の包丁でスパッ、スパッと小気味よく鍋へと切り落としていく。その間、五分足らず。しゃきっとした段取りに思わずうなる。冬は、とくにうまい。

サンマの刺身もある。いい居酒屋かどうか見分けるひとつの基準は、サンマの刺身が出来るかどうかにあるというが、ここにはちゃんとある。それもべつにご大層ではない。注文すると包丁さばきもすっきりとまたたくまに作ってくれる。もちろんしょうがおろしも忘れない。かき揚げだって、ここは客の注文を聞いてからおもむろに作る。玉ネギをきざむ。エビといっしょに粉にまぶして油のなかに放りこむ。その手順の小気味いいこと。

ハモもある。京都では夏に欠かせないハモだが東京ではあまり食べられない。ここにはちゃんとある。照り焼きもいいしおとしもいい。他にジュンサイもある。マグロの目という珍しいものもある。うの花、穴子の白焼、とろみつば、つぶ貝……みんな食べたい。来るたびに何にしようか迷いに迷う。それで値段のほうは一人二千円から三千円。この店を出るたびに、「有難うございました」とこちらのほうが最敬礼する。比喩ではない。本当にする。それほどいい店だ。

一度、開店の少し前に店をのぞいたことがある。親爺がひとりでカウンターで何かしている。見ると筆と墨で、その日の品書をしたためている。親爺のひそやかな楽しみなのだろう。ますますこの居酒屋が好きになった。

箸文化と匙文化

鄭《チョン》　大《デ》聲《ソン》

食生活を文化としてとらえ、それを比較するのに食べる道具が何であるかをみることも大切である。

生きるために人間は食べる。この食べものを口に運ぶ方法は地域によって異なる。現在世界的にこの食べる方法つまり食法を特徴でみると、大きく三つに分かれる。手食、箸《はし》食、匙《さじ》食・フォーク・ナイフ食とされる。ただし箸食には日本のような箸のみの地域と、朝鮮半島や中国のように匙と箸がセットになった地域も含まれる。しかし厳密には朝鮮半島の食法は匙が主役で箸が脇役である。食法に箸もあるというだけで、むしろ匙文化としての特徴のほうが強く箸文化と対照をなす部分が多い。

だが現在、世界を食法で分けると、アフリカ、中近東、東南アジアを中心とする手食文化圏、日本（箸のみ）、中国と朝鮮半島（匙と箸のセット）の箸使用文化圏とヨーロッパ、南北アメリカ、旧ソ連邦などのナイフ、フォーク、匙使用文化圏の三つに分けることができる。しかし実際は食生活の変化により食法も変わってきており、あまりきれいには分けられないところもある。食法が併用されることも多くなっているからである。

道具を使った動機

道具を使う以前はすべての人類は手で食べていた。しかし、生活の工夫のなかから道具を使う方法があみだされる。料理づくりに火を用いるようになったことから熱いものを食べるためにつまむ道具としての箸が考えられたとされる。紀元前一五世紀の中国では殷《いん》の時代の遺跡から青銅製の箸と匙が確認されている。これは神などに食物をささげる「礼器」で一般的な「食器」ではなかったとみられるが、すでに知恵の産物としての食べる道具は考えられていたとみてよいだろう。やがて箸のたぐいが一般化するのは春秋末期ころから戦国時代にかけてとされている。

西洋の料理、つまりヨーロッパ人がナイフ、フォーク、スプーンをセットで用いて食事をするようになったのはそんなに古い話ではなく、一八世紀以降とされる。

個々の道具はかなり古くからあった。とくに、ナイフは刀の使用の延長にあり、食卓では肉切り用であった。宴会では肉切り専門役がこれを用いて肉を分配した。家庭の食事では一家の主人が食事用の肉を分配する責任者としてナイフ、つまり刀を使った。この食風習は男が狩りで食料用の動物をとらえ、その肉を分け与えた時代の名残とみられている。

スプーンも古代のエジプトから木製、象牙製のものが確認されているが、はたして食事用のものであったかははっきりしないようだ。スープやソースのような液体をスプーンですするようになるのは一四世紀以後のこととみられ、それも上層階級に限られていた。

フォークも一四世紀後半のフランス国王の財産目録にみられるが、二股に分かれたものだった。現在のようにいくつもの股に分かれたフォークが出現するのはずっと後の近世になってからである。

いずれにせよ欧米の食事用のナイフ、フォーク、スプーンの三点セットがそろっての一般化は、社会が近代化し道具類の生産が比較的容易になってからのもので、新しいものとみて良いだろう。

手食の文化

手食の文化圏が人口比率でいえば、いちばん大きな比重を占めている。箸を使う人も、匙、フォーク、ナイフを使う人も、ときには手でつまんで食べるし、実際はいちばん便利な道具なのである。

そしてこの手食にはちゃんとした独自の食礼が定められている。厳しいイスラム教、ヒンズー教の文化とともに発達したからである。たとえば食物を口に運ぶ右手は聖なる手である。右手の親指、人差指、中指の三本で食物をはさみ、口に放り込むように食べる。食物を中心にしてぐるりと車座にとり巻き、あぐらをかいて食べる。男女はともに食べず別席をつくる。食事に使った右手は神聖で左手は不浄であり、食物に手を触れてはいけない。左手は一般にトイレなどで使われるものだからである。大きな肉などを骨からはがすときには隣どうしが右手を使って剝がしたりするくらいである。清浄ということに重きを置くので、食事の前後には手を洗う。手を洗うボールが準備されたり、専用の水さしやヤカンがあって手を洗い、口をすすぐのに用いる。手食法には厳しいマナーがあるのである。

箸文化と匙文化の比較

先に食法の大きな文化圏を三つに分けてみた。これはこれで道具の使用の違いということで比較できる。

しかし、現在箸文化圏としてのなかにも、日本のように、箸だけのところがあり、箸と匙とがセットで使用されている朝鮮半島や中国大陸がある。

たとえば、日本の食事文化を考える場合中国大陸や朝鮮半島と同一でとらえることはできないだろう。

箸を使うという共通点のほかに匙を使うことと、箸しか使わないという相違点がみられるからである。

ここでは欧米のナイフ、フォーク、スプーンがセットの文化との比較ではなく、アジアの米食文化圏での箸文化と匙文化を比較してみたい。箸文化の典型といえる日本のそれと匙と箸がセットであるが、匙が主役の朝鮮半島をとりあげる。

食事用具

朝鮮半島では金属の箸、匙がよく用いられる。昔は真鍮製が多かったが、近年はステンレス製に変わっている。銀製は高級品である。ご飯の容器も金属製が昔から多い。これは食事をするのに匙が主役であることにおおいにかかわっている。

食膳では匙が手前で、ついで箸の順にとならべられる。

食事の順序はまず匙を右手にとり、スープを一匙、口に含んで味をみる。ときにはその次にキムチ汁の味をみてから、ご飯を半匙分くらい口に運ぶ。すべて匙で行う。これが形式ばった席での食順である。ご飯の器は左手で軽く支えるだけでもたない。匙ですくうのだからもつ必要がない。だからもってはいけないのである。したがって大型の器のほうがよく、金属にすることが可能であり、そのほうがより高級感を出せる。

朝鮮半島のご飯器が大型で金属製が多いのは、この匙文化だからである。大型容器にはふたつきもある。このふたつきご飯器にいっぱいのご飯を詰めて布でくるみ、冬の寒いときには食事に間に合わず遅く帰る人のために布とんのなかで保温することも可能であった。スープの容器も大型である。

箸でつまむ料理は汁気のないものだけである。野菜の和えもののナムル、干もの類などをとるとき箸が使われる。

調味料やしょうゆ漬けなどの保存食品、つまり少量を食べるおかず類の容器は小型となる。

これに対し、日本のご飯器は手にとって、箸で食べやすいようにと、小型である。

スープなどの汁もの類も手にとって器に口をつけて箸で補うようにする。小型のほうがより便利となる。こうして和食用の器は小型で軽量なものが多くなっている。木製の器が存在するのも箸文化の特徴だろう。

食膳つまり食卓の高さにもちがいがでてくる。ご飯器を手にすることのできる和式の膳は高さにこだわらなくてすみ、少々低いものでもよい。食器を手にすることができるからである、一方朝鮮半島では、膳（床《サン》とよぶ）は、座ってほぼ胸の高さにくるくらいのものになっている。ご飯器を左手で支えやすく、匙ですくって口に運びやすい高さが求められるからだ。その意味では食卓の高さに文化のちがいがでてくる。

日本の宴会席でめいめいに膳がだされると低いのが多いが、それは箸でいただき食器を手にすることができるからなのだ。

朝鮮半島にも一人膳がある。家長や賓客用に用いられるが、低いものはない。低い一人膳がある。これば酒案床《チユアンサン》という酒席用だ。酒のつまみは汁気がなく箸のみで食べられるし、酒器は手にとって口につけられるからである。

このように食器の大小、食膳の高低のちがいに匙と箸の文化の特徴が出てくる。

食礼
食事のマナーも当然ちがってくる。朝鮮半島の匙文化では、つい近年まで、ご飯は大型の器に山盛りにしてだすのが形式であった。とくにもてなしでは礼儀であった。腹いっぱいで食べ切れないくらいだすという意味である。一方、いただく側は必ず食べ残すのが礼儀である。食べ残るくらいたくさんのご飯でしたよ、という意味になる。日本のようにお代わりはないのが原則である。

そしてご飯を箸で食べることは食礼に反する。大型の食器をもてないから箸では食べられないからだ。

食事が始まると、その途中でこの匙を膳に置くことはしない。置くのは食事が終わることを意味する。ご飯やスープを匙で食して、汁気のないものを箸でとるときはご飯器かスープ器に立て掛けておく。ときには匙をもったまま箸を器用に使いこなす人もいる。箸を用いないときは横にそろえておいてよい。

食膳の料理はすべて匙か箸で口に運ぶことができる。したがって食器を手にとり、それに口をつけることは、非礼である。食器を口につけてよいのは酒と飲料だけだ。日本の箸文化ではご飯器、汁物器のすべてを手にとっても礼に反しないし、汁物は口につけてすするのがマナーとなる。

匙を主体とするのと箸だけのものとの食の礼儀でこれくらいのちがいがでてくる。

近年、朝鮮半島におけるこの礼儀作法、とくにご飯をたくさん盛って食べ残すというマナーは、不合理だということで、生活改善運動の対象となり、あまりみられなくなった。しかし、地方に行けば依然としてこの風習は残っている。

料理メニューのちがい

朝鮮半島も日本も同じ米食文化の共通性をもち、位置的にはもっとも近い間柄である。ところが食べ物のメニューはかなりちがっている。香辛料でトウガラシを多く使うという点をかりに除くとしても、やはりちがいの大きい原因は、この食事道具に匙を主に使うのか箸だけを使うのかによるところにあるだろう。

朝鮮料理にはかゆ（粥）が多い。匙を使うことが種類を多くしたのである。クッパプというご飯にスープ汁をかけて匙だけで食べる料理がある。スープに魚肉、野菜を使ってあるので、ご飯と合わさることで簡単にバランスのとれた食事になる。来客の多い食事によく使われたし、現代では集団給食として重宝がられている。これは匙一本で食べるメニューである。

ビビンバプという混ぜご飯をご存じだろうか。これは大型食器にご飯を盛り、その上に野菜のナムル、魚介の干もの、錦糸卵などをのせ、薬味と少量のスープでよく混ぜたものである。これを混ぜるのは匙のみ可能であり、箸ではできない。さらにこれを食べるとなると箸ではまったく役に立たない。匙でよくすくい固めるようにして口に運ぶことになる。

チゲという鍋もの料理がある。みそ仕立ての味が特徴である。これも箸では食べない。鍋の汁はスープより濃く、飲むものではない。匙に汁と具を少しとり、すするくらいの感じで味わう。ご飯のおかずである。

チョリムという煮魚類が多いメニューもしょうゆ仕立ての汁が少しある。この汁に魚とダイコンの煮たものを匙でほぐして汁とともにいただく。箸も使えないわけでないが、匙を使いこなして食べるのが一般である。

このように朝鮮半島の料理には匙ならではのものが多いのに対し、日本料理は箸ならではの料理体系ができあがっている。

たとえば、精進料理、懐石料理、会席料理（本膳料理）などのいわゆる和式料理があるが、すべて箸でいただくことになっている。これらの分類は献立、調理、器、配膳、食事作法のちがいから成り立つが、すべて箸を使うことから発達したものである。

これら伝統的な日本料理は箸で食べやすいように考えられ、つくりあげられたものである。

日本料理の特徴の一つは、まさにこの箸文化としてとらえてこそ正しいといえるだろう。これに対する朝鮮半島の料理は匙文化としてとらえる視点が必要であろう。箸だけを使う日本料理と、匙と箸をセットで使う中国料理、朝鮮料理の比較をしてみよう。

日本料理の美

箸文化として発達した日本料理は、いくつかの特徴をもっている。

まず一つは、いわゆる「見る料理」といわれることである。美しく、目を楽しませてくれる料理であることは誰もが否定しないだろう。これは調理し、食器に移し、配膳するところまで箸でつまめる料理を意識するからである。箸でつまむのには形がくずれては困る。適度のかたさで、形状になっていることが条件だ。この条件をもつ料理は形ができているから盛りつけもやりやすい。つまり、見ばえを盛りつけで演出することが可能になってくる。

もし箸でなく匙ならば、形がくずれていてもかたさがなくやわらかくても、すくって口に運ぶことができるので、箸料理ほど形状を気にしなくてもすむ。見ばえよりも味にポイントを置くことができる。

中国料理のなかには、ドロッとした粘状のものがかけられるものが多い。一見しただけでは料理素材に見当がつけられず、見ばえも決して良くはない。しかしこれは匙で食べるというところにウエイトがあるからだろう。

箸でつまむことで形状やかたさが求められ、それにともなって美しさを演出できるのが日本料理なのである。

さらに、この形状が整っていることによって、盛りつける器との調和をより容易にするであろう。

料理に形があることで器に盛りやすい。それだけではなく、料理の形と色が器の形と色に調和するような工夫ができる。その結果、料理と器は、共に調和する方向へとさらに形や色（絵柄）を工夫する。

かくして食べる料理は美しい見る料理としての性格を強く出すことにもなる。

これもひとえに箸が食べる道具になっていることからくるものとみてよいだろう。

箸の使い方とタブー

食事を箸だけに頼るためか、日本の生活のなかには長い歴史と伝統のなかから生み出された箸にまつわる風習が多くある。

（1）箸食作法の基本

形式を重んずる正式な箸は白くて清らかなものとなる。それは柳箸である。公式行事はもちろん、慶事に用いられる。家庭でも客を招待する場合は正月や祝い膳ならこの柳箸になる。一般の場合には高級な割箸でよいであろう。

箸使いの基本は下を固定し、上だけを動かすことにある。二本の箸を動かすのではなく、下の方は固定し、上の方を動かしてものをつまむことである。

箸のとり方にはマナーがある。食事の席で主人側がまず「どうぞ」とすすめる。主客が箸をとってから自分もとる。箸を上から右手でとり、左手を下から添えて、右手にもち直す「三拍子」が正式なマナーである。

割箸を割るのも両手で力を均等にして左右に割る。

箸の使い方にも注意が必要で、あまり先を汚さず食べること、食器と箸は同時にもたず、必ず先に箸をとってから食器をとること（ただし食器のふたは先にとる）、食事の途中で箸を休めるときは箸置きか、膳の右側に置くこと、などである。

（2）箸のタブー

箸の使い方にはタブーが多くある。きらい箸といって、してはならないとされる箸の使い方である。

このように箸の正しい使い方やそうでない方法の決まりをつくったのも、立派な文化である。箸が脇役である匙文化の中国や朝鮮半島には、これほど厳しい箸のマナーがないのは当たり前だから、これこそ日本の文化ではないだろうか。

箸と麵

箸を利用する食べ物の典型的なものに麵がある。穀類の粉を利用するものとして広く分布しているが、どうやら発祥は中国大陸と考えられている。

やがて、箸が使われる朝鮮半島、日本列島など、周辺の地域に伝わり、それぞれ特徴のある麵文化をつくりあげた。

日本のそば、うどん、そうめん、朝鮮半島の冷麵、カㇽクッス（手打ち麵で温麵）、中国大陸の麵の種類は非常に多い。そしてこれらはこの地域の食生活のなかで大きなウエイトを占める食べ物である。日本のラーメンは中国から伝わって定着したものである。このように食事道具が箸であるところから、知恵の産物としてつまみやすい線状の麵が考えられたとみてよいだろう。

ただ中国の影響で近世に麵を知ったためにこれを食べるための道具である箸が、後から伝わったというベトナムなどの例はある。

この細長い線状の麺をつくる方法は大別して三つにわけられ、さらに五つに分類される。

まず粉をねって手でひっぱって伸ばす方法で、手のべ麺系である。これはラーメン、そうめん系列の二つにわけられる。

次いで切り麺の系列で、ねったものを平たく伸ばして包丁で切る方法である。ねったものを型枠に入れて押しだす方法がある。朝鮮半島の冷麺やはるさめはこの方法でつくられる。

五つ目は河粉《ホーフエン》という系列である。コメの粉を蒸しあげるか、熱湯で湯煎して半透明の膜をつくる。これを刃物で切ってコメの切り麺にする方法で、中国の南のほうでみられる。このほかに包丁で削る麺（中国）なども ある。

これらの線状にした粉食のつくり方は、箸を使う文化圏で生まれたものである。

これらを食べるのに必須の道具は箸である。

悲しいときにもおいしいスープ

石井好子

私はスープが好きで、朝食にスープがつけばパンがよりおいしく食べられるし、疲れたときの夜食にはスープが何よりと思う。昼なども、スープとパンで簡単に食べたいなとよく思うが、スープの出前というのはないのが残念だ。

だから家ではよくスープを作る。改まって鳥がらや骨つき肉でスープをとるというのではなく、残り野菜と固型スープを使って手軽に、残り物の整理をかねて作る。うれすぎのトマト、残り物のキャベツ、にんじん、玉ねぎ、じゃがいも、それにあればパセリにセロリと、なんでもぶつ切りにしてバターでいため、ちょっと塩、こしょうしてから固型スープで煮るいなか風のスープである。煮上がったところを、つぶし器でぐいぐい押すようにすると、あらいどろどろのポタージュができる。

平たいスープ皿にたっぷり盛りつけ、バターかサワークリームをちょっと落とし、ほかほかと湯気の立っているのをいただけば、からだはしんから暖まって、満ち足りた平和な気持ちになる。

スープはほかの食べ物とちょっと違う、不思議なものを持っている。

パリでお互いにひとり暮らしをしていたころ、オペラ歌手の砂原美智子《すなはらみちこ》さんが病気になった。胃腸を悪くしてやせ細り、「何も食べられない」「何も食べたくない」という。

「何も食べなかったらダメよ。おかゆを作ってあげる」というと、おしょうゆで味つけした野菜スープなら食べられそうだといった。そこで、毎日野菜スープを作りに通った。

野菜を細かく切って、塩と少量のしょうゆで味つけしたスープのお味見をしていたら、子どものころを思い出した。病気のとき、母がよく作った野菜スープと同じ味だったからである。

同じパリ時代、私のピアニストをしていた初老の男性が、癌でなくなった。奥さんはイギリス人で、パリには親類もなく、また子どももいなかったので、心細さと悲しみに、ただただ泣き続けた。

そのときも私は、スープを作った。台所にあったじゃがいもをゆでてつぶし、牛乳でのばし、塩、こしょうで味つけしたポテトスープだった。彼女はしゃくり上げながらも、スープを食べたあとは少し落ち着いた。

病人でも、悲しみに沈んでいる人でも、スープならなんとか食べられる。スープとはありがたい食べ物である。

コンソメのように澄んだものは、ふつう飲むというが、ポタージュの場合、フランスでは食べるという言葉を使う。肉や野菜を大ぶりに切って煮込んであれば、ナイフやフォーク、それにスプーンを使って食べるからだろう。

日本では、コンソメはすまし汁、ポタージュはどろっとしたクリーム状のものと決めている。しかし、スープが澄んでいても、中に野菜や肉片が浮かんでいれば、フランスではポタージュと呼ぶ。

日本の西洋料理はまだレストラン風で、家庭料理になっていない。ポタージュというとレストランで出すもの、レストランで食べるものと思い込んでいるようだ。レストランのポタージュのように、裏ごしをした手をかけたものでなくてよいのだから、家庭的なスープをもっともっと作るようにしてはどうだろうか。

先日一か月ソ連公演を行なっていた歌手と楽団が帰国したが、「夜、公演が終わってからスープを食べられなかったのが、残念だった」と語っていた。ソ連ではスープは昼食に出る習慣だそうで、ボルシチとか野菜や魚を煮込んだソーリャンカ、ぎょうざのはいったペルメニーなどの暖かいスープは、公演後の夕食では食べられなかったのだそうだ。

フランスはその反対で、昼食にはスープはとらず、夕食、夜食にスープが出る。ウイークエンドの昼食は前菜つきの大ごちそうで、時間をかけてたっぷりと食べるので、夕食のメニューはたいていの家庭がスープとサラダである。そのスープ・ア・ラ・メゾンと呼ばれる家庭風スープである。

家庭のスープこそフランス人にとっては母の味で、幼き日の思い出につながるものだろう。

私がよく作る鳥のスープ。これはお米を入れた日本人向きスープなので、作り方を書いてみよう。

材料は、鳥の切り身少々、トマト中一個、玉ねぎ中一個。トマト、玉ねぎはざくざくに切って、鳥の切り身とともに、固型スープと水でごとごと二〇分煮る。そのあとざるでざっと他のなべにスープを移し、鳥の切り身だけ取り出し細かく切ってスープに入れ、野菜は捨てる。鳥のスープにお米を少々入れ、また二〇〜三〇分煮ると、どんなかたい鳥も柔らかくなる。鳥とおまじり入りのスープ、一度ためしていただきたい。

ほうれんそうをざっとゆでてから、ミキサーにかけるかまたは細かくきざんでスープと牛乳でのばす、ほうれんそうスープもおいしい。ほうれんそうだけでなく、長ねぎ、セリなどを入れるともっと味がよくなる。緑色のスープはいかにも健康的で、ビタミンがふえるような気持ちになる。

めんどうくさいのはきらいという方には、スイートコーンのかんづめをなべに入れ、牛乳でとかし、塩、こしょうで味をととのえて終わりという、コーンスープもよいだろう。

レストランでオニオングラタンを注文する方はたいへん多い。グラタン皿の中でまだぐつぐつ煮えているオニオングラタン。茶色に柔らかく煮えた玉ねぎスープの上に、パンと、とろっと焼けてとけたチーズがのっているのを、スプーンでくずしながら食べる味は格別だ。

私もオニオングラタンをときどき作ってみるが、なかなかむずかしい。しかしオニオンスープは簡単にできる。

薄切りの玉ねぎを、バターで根気よくきつね色になるまでいためﾞ、塩、こしょうして、ひたひたになるくらいの分量のスープで煮ればでき上がりである。スープ皿にたっぷりよそって、上にこんがり焼いたトーストをのせ、粉チーズをかければ、オニオングラタンに近い味である。

でもやはり、お皿ごとあつあつに暖まっているグラタンでなくてはダメという方もいるだろう。深めのグラタン皿にスープをよそい、その上にグラタン皿の大きさに切ったパンをトーストしてのせ、チーズものっけて、うんと熱した天火で上側をこんがり焼く。天火が強くないと、パンがスープに浸って膨張し、パンスープみたいになってしまう。

パリのキャフェでは、大どんぶりで焼いた煮立っているのを持って来て、別のスープ皿にざっとあけてくれる。フォークとスプーンを使って食べるのは、グルュイエール・チーズがまるでチューインガムのようにのびるからだ。

〝グラティネ〟といえば、フランス人の夜食にはかかせぬものなのに、フランスのオニオングラタンはあまり日本人向きではない。分量が多すぎるし、チーズもたっぷりで、チューインガムのようにのびるチーズと戦っているうちに、いやになってしまうのだ。

お客さまのためのスープは、なんといってもコンソメである。高級レストランのメニューにかかせないのもコンソメで、冬は暖かく、夏は冷たく冷やして出す。冷やすと、骨つきの肉でとったスープはゼリー状になり、冷たい口当たりがいっそうおいしく感じられる。

レストランでコンソメを味わえば、その店のコックの腕がわかる。牛のすね肉を長時間煮込み、ブーケ・ド・ギャルニ（パセリ、セロリ、にんじん、ねぎなど香りのある葉を束にしたもの）を入れてもう一度煮立たせて味をととのえ、さらに卵白でこしたコンソメには、時間と手間をかけた高級な味がある。

ヴィシスワーズ（ヴィッシー風クリームスープ）もこのごろはよくメニューにのっている。これも、冷たいクリームが舌の上でとける、夏向きのおいしいスープである。ヴィシスワーズは、私たちでもおいしく作れるので、簡単な作り方をご紹介しておこう。

六人前として、じゃがいも中一個、セロリ一本、ねぎ一本、玉ねぎ半個。

これをみじん切りにして焦げつかせぬようにバターでいためため、塩、こしょうして、鳥の固型スープで柔らかくなるまで煮る。つぶし器でよくつぶし、金あみでざっとこす。どろどろの野菜の残りは、かくはん器でこするようにすると、薄めのポタージュがとれる。それを冷やして、生クリームかサワークリームを半本入れる。生クリーム、サワークリームがない場合は、牛乳一本を入れてもよい。

冷たく冷たく冷やしてガラス器に入れ、みじん切りのパセリをパラパラとふって供するが、とてもおいしいのにびっくりされると思う。

これにビーツ（赤大根）を煮た赤い汁を少々落とすと、ピンクヴィシスワーズになる。ピンクのクリームスープは、とても可愛らしくてしゃれている。

このようなスープを作りはじめたなら、なぜ今まで作らなかったのかと、とても残念に思われることだろう。

「ねこ弁」／無花果《いちじく》／秋山食堂

秋山ちえ子

「ねこ弁」

私は旅行が多い。車中で駅弁を食べるのが楽しみだった。グルメという言葉が出はじめてからは、駅弁も地元の味を取り入れて様々の工夫がされている。汽車の旅の食事の楽しさは日本が世界一だといいたくなる。世界各国の国際列車や国内線に何回も乗っているが、上等の食事となると、食堂車でレストランと全く同じようなコースの料理のサービスを受ける。普通となると、せいぜいパサパサのサンドイッチ位だ。車内でいろいろの物の販売があるのも日本のほうが多くて楽しい。

何よりもいい気分になれるのは、何種類ものおかずを色どりよく並べた駅弁である。が、この頃の私の胃は駅弁の量が多過ぎるようになり、更に健康上からの減塩が身について、少々味が濃いことで、以前のように駅弁を楽しめなくなった。それに〝もったいない〟の心が強い私には、御飯やおかずを捨てることに気がとがめるのだ。

そこで出かける時は、自分の胃に適量の小さいタッパーに入れた「ねこ弁」持参となった。「ねこ弁」とは、猫の好きな鰹節のいい所を薄くかいて（急ぐ時は既製の袋入り）、御飯の間と上にかけて醬油をパラパラと振りかけたもの。隅っこに奈良漬けが二切れ位あればいい。それにセロファン袋入りの小さく切った二枚入りの焼きのりを、食べる時にねこ飯の上にたっぷりのせる。前日の残りのきんぴら牛蒡でもそえてあればいうことなし。

お弁当を作る時、小学生の頃を思い出す。みんなアルミニウムの弁当箱だった。白い御飯の真中に梅干を一つ置いた子が多かった。おかずは鱈子《たらこ》とか、昆布の佃煮、煮豆。「ねこ弁」の子もいた。海苔はなかった。鰹節の代りにいり卵がのっている時は、思わずにっこりであった。飽食の時代になると、逆に「ねこ弁」が懐かしくなるのだろうか。私はせっせと「ねこ弁」を作る。

ハンカチをほどいて「ねこ弁」をあける時、周囲の人がうらやましいだろうと思うと気の毒になったり、少々得意気でもある。が、それこそ思い上がりの早合点というもの、オメデタイ人といわれたことがある。何といわれようとこの単純素朴な「ねこ弁」こそ日本特有の味、御飯が美味しいこと、この上なしと人にもすすめている。

無花果《いちじく》

駅の近くの八百屋の店先で無花果を見つけた。六こ入りで四百五十円。もう少し待てば安くなると思ったが、我慢出来なくて二ケース十二こ買った。大粒の無花果の先が割れて、中からのぞく実は、口に入れたらとろけるような色に熟していた。食物のなかった敗戦の頃を思い出す。

焼け残った無花果の木があり実をつけた。朝早く、誰も起きてこないうちに一つもいで口に入れた時の身ぶるいするような旨さ！　小さな貧弱なものだったが忘れられない。自分で食べたのはその一こだけ。それ以後は、毎朝無花果を一こもいで、半分にして二人の男の子の口に入れてやった。燕の子のように大きな口をあけて無花果をせがみ、呑みこんだあとで見せる笑顔がいじらしく、うれしかった。

あの頃のことを覚えているかときくと、二人とも、「覚えていないな、おばあちゃまが大事にかくしてあったドロップを見つけて、二人で食べてしまってお灸をすえられたことは、熱かったから忘れられない」と、彼等も食べものの少なかった頃のことを話す。

　私は無花果を口にする度に、柿や林檎や蜜柑に比べて、微妙な口ざわりと味わいは大人に向くものだと思う。そして紀元前の頃、アダムとイヴが食べていた無花果の味も今と同じだったかと思う。神様はアダムとイヴに「エデンの園の果物は何を食べてもいいが、真中にある知恵の木の実はいけない」といわれた。蛇の甘言にそそのかされて禁断の果実を食べると、二人は自分たちが裸であることに気づき、無花果の葉を綴りあわせて前垂れを作ってあてたと旧約聖書の創世記にある。無花果はいろいろと気になる果物である。

　今夜は幸いに生ハムが少し残っていたので、無花果とハム、生クリーム少々が味を引き立てる。これを前菜にしてワインを一杯。メインは気仙沼のいとこから鰹が一尾届いたので「土佐作り」にして食べた。

　私は鮭でも鰹でも自分でおろす。そのためには切れ味のいい包丁が必要だが、これも一週間に一度は砥いであるので、いつでもすぐに使える。

　私が魚をおろし、包丁を砥ぐというと本気にしない人がいる。今日こういうことが出来るのは姑にしごかれたおかげである。今になっては大感謝だが、感謝したい人はもうこの世にいない。

今から四十数年昔の話だが、私は姑と約一年半一緒に暮した。東京では魚は魚屋で何もかもやってくれるし、大きい魚は切り身で買う。姑が一緒だった鳥取では戦争中も時々浜から魚を売りにきた。一尾丸ごと買って、家で刺身、焼き魚、あら煮、時にはすり身等にする。私は姑から魚を渡されて途方にくれる。「出来ません、すみません、お願いします」と謝るばかりだった。

しばらく姑の包丁の使い方を見てから「やらせて下さい」と挑戦した。三枚におろせば骨のほうに身がいっぱい残るし、刺身にしようとするが皮がうまくとれない。悪戦苦闘であった。その度に姑に「東京の嫁さんは学問はあるが、家のことは何もできませんのう」といわれ、身を縮め、姑をうらむこともあった。一刻も早く姑からのがれることばかりを考えた。

しかしあの頃のおかげで、私は若い人の前で、今、得意気に魚をおろしている。そのことを話すと若者たちは「一尾丸ごと魚をもらうことはない」とか「魚は切り身のほうが無駄がない」「ハラワタが気味悪いし、手に残る生臭さを思うとさわりたくない」と勝手なことをいう。

「今の若い連中は口ばっかり達者で何も出来やしない」と、つぶやきながら、私も姑の年齢に近づきつつあることを思う。歴史はくり返されるということだろうか。

秋山食堂

我が家へ仕事の打ち合わせや報告でやってくる親しい人々は「六時半か七時頃伺いたいのですがよろしいでしょうか」という。それは夕食をあてこんでのことで、いつの間にか我が家は「秋山食堂」となりつつある。

大たい私は料理を作ることが好きだし、ご馳走するのも好き、それに各地から美味しいものをいただくことも多いので「どうぞ、どうぞ」となる。が、私も仕事を持つ身、いつも手をかけた料理というわけにはゆかないので、暇があると料理を作って冷凍しておく。

この頃は既製の冷凍食品、ピラフ等も便利している。しかし「秋山食堂」で人気のあるものは、畑からぬいてきた野菜のサラダとかおひたし、胡麻あえ、白あえ、それに野菜と厚揚げの煮もの、こんにゃくの柚子味噌あえ等々。これ等日本の味は冷凍では賄えないものが多い。冬に来た人は、秋の初めに種を蒔き、寒さと闘いながらがんばっている菠薐草《ほうれんそう》、小松菜、ビタミン菜等、ビニールハウス育ちとはひと味もふた味も違う野菜はいいが、「人間もこの野菜のように寒さに耐えて生き抜かないと味が出ないのよ。今の若者はぬくぬくと温室育ちなので頼りない」等とひとくさりきかされる。これがないと私は「秋山食堂のいいおばさん」といわれるのだが、無料サービスなのだから、これ位は客の方も覚悟の上だろう等と、いいたいことをいって楽しんでいる。

今日も食事時に不意の客二人。打ち合わせに来宅した雑誌社の男性たち。夕食を食べるかときくと、「ご馳走になります」と遠慮はない。こちらもありのままの我が家の食事を出すのだから苦にならない。大根といかの炊きあわせもたっぷり作ってあるし、きんぴら牛蒡もある。コロッケは冷凍庫にたっぷりはいっている。スペシャルサービスは盛岡で買ってきた「蒸しうに」と、岩手県の地酒の手作り「七福神」がある。サラダは庭の野菜を抜いてくればすぐに出来る。

私は昔からコロッケは好きだったが、この頃じゃが芋コロッケに入れあげている。それは結婚した姪の相手の実家が北海道で農業をしていて、そこから味のいいじゃが芋を送っていただくということもある。じゃが芋は大鍋で丸ごと茹でて、つぶして、その中に牛と豚の合びきに玉葱のみじん切り、コーン等も入れる。味は塩、胡椒のものと、カレー粉を入れたカレー味の二種類。すぐに油で揚げられるようにパン粉までつけて冷凍しておく。ちょっとの暇を見つけて、作っておいたものがたっぷり三十個はある。

「手作り自家製コロッケは美味しいですよ」と、最初に暗示にかける。これも、もてなし上手と思っている。

冷凍のコロッケを揚げる時は、油の温度が物をいう。中華鍋に油をたっぷり入れ、温度は百八十度にして、一度に四個入れると、我が家のコロッケの大きさではうまい具合に出来る。冷凍のものをフライにする時には、京都・新京極の「日の丸度量衡店」で買った温度計のついた箸が役に立つ。

揚げたてのコロッケは本当に美味しい。

私はいつものように一個だが、客人二人は「これは旨い！」と三個も食べてくれた。これはもてなされ上手というものである。作り手はうれしくなり、又、ご馳走したくなる。

グルメブーム／心と心の通じあう家庭

土井　勝

グルメブーム

最近はだいぶ聞かれなくなりましたが、一時期、ブームのように〝グルメ〟という言葉が使われていました。テレビや雑誌などでも、おいしいものを食べ歩くというような企画が、多くありましたね。

その影響もあるのでしょうか、最近はプロのように料理をつくることがいいと思うような風潮があるように思います。

家庭でつくる料理よりも、高いお金を払って食べる料亭やレストランの料理のほうがおいしいに決まっている、と頭から決めてかかっている人も多いのではないでしょうか。

以前、帝国ホテルの料理長の村上信夫さんに、いつもどんなものを召し上がっておられるかとお聞きしたことがありました。すると、村上さんからは意外な答えが返ってきました。

「うちに帰ると家庭料理ばかり、それも和風のほうがいいですね。おいしいみそ汁とおいしいご飯、それに漬けものがあれば、あとは何もいりません」

プロの料理人も、家に帰れば素朴な家庭料理を食べているのです。

私自身も、仕事柄あちこちで同じような質問をされます。

「先生のような料理の専門家の方は、やはり普段からおいしいものを食べているのでしょうね？」

たしかに、おいしいものは食べていますが、それは決して、手の込んだフランス料理やめずらしい高級材料を使った料理というわけではありません。第一、そんなものばかり食べていたら、逆に健康によくありません。

家内の信子もよく、「あなたのように料理の先生の奥さんだと、毎日の献立をつくるのがたいへんでしょう」と、気の毒がられるようです。

ところが、あまりにもたびたびそのようにいわれたためか、三年前、家内はついに『うちのおかず』（講談社刊）というタイトルの料理の本を出版しました。

この本には、私がいつも家で食べている代表的な献立が、月別に紹介されています。一例をあげますと、十月の献立は、魚料理がサケの照り焼き、イワシのかまぼこや同じくイワシの梅干し煮など、野菜料理がサトイモの煮ころがし、切り干し大根の炒め煮などで、決して高価な材料を使った料理ということではないのです。

たとえば、値段の安い魚というと、あなたならどんなものを思い浮かべますか？　おそらく、サンマやサバ、イワシといった魚の名前が、まずあがるのではないでしょうか。

サンマやイワシは、秋になるとおいしい、つまり秋が〝旬〟の魚です。これら背の青い魚の脂肪には、コレステロールの増加を抑え、血管中で血液が固まるのを防ぐ作用のあるＥＰＡ（エイコサペンタエン酸）とＤＨＡ（ドコサヘキサエン酸）が豊富に含まれているため、動脈硬化や心筋梗塞、脳血栓などの成人病の予防になるといわれます。

しかし、いくらおいしくて健康にもいいからといって、料亭でサンマの塩焼きを出したのでは、お金がとれません。サンマの塩焼きやイワシのフライ、サバのみそ煮といった料理は〝家庭の味〟。家庭でしか食べられないおいしさなのです。

ところが、たった一度だけ、このサンマの塩焼きを一流の料亭でご馳走になったことがあります。

「土井さんは、大阪でいつも瀬戸内のおいしい魚を食べているでしょう。だから、今日はこれにしました」

そういって、サンマの塩焼きを出してくれたのは、東京は築地の料亭『つきぢ田村』のご主人、田村平次さんでした。

田村さんとは、NHKテレビの『きょうの料理』という番組がご縁でおつきあいさせていただくようになりました。

三十年も前になりますか、当時は料理の先生というのが少なかったために、田村さんや辻留《つじとめ》さん、西洋料理は帝国ホテルの村上さんやホテルオークラの小野正吉さんが『きょうの料理』で教えておられました。

あるとき、田村さんから「ぜひ店のほうに食べに来てください」というお誘いを受け、東京に出かけた折にうかがったのです。

正直のところ、どんな料理が出てくるのかと、内心とても期待していました。そのとき出てきたのが、サンマの塩焼きだったのです。そのうえ、早く食べてもらわなければ味が落ちるというので、仲居さんにも任せず、ご自分で運んできてくださったのです。

サンマなんて、と思う方がいるかもしれませんが、これがとてもおいしくて、生まれてからあれほどサンマがおいしいと思ったことはありませんでした。

サンマは、夏も終わりに近づくころ、産卵のために北海道から南下してきます。南へくだるにつれて脂肪がつき、ちょうど三陸沖から房総沖へとやってくる十月ごろがおいしさのピークとなります。

関西のサンマは、晩秋から冬にかけて和歌山沖でとれるのですが、そのころになるとかなり脂肪が落ちて、あっさりした味になっています。ですから、塩焼きのサンマは、関東でその時期に食べるのが新鮮でいちばん脂がのっていておいしいんです。

田村さんは、もちろんそのことを知っていて、わざわざ塩焼きを出してくれたのです。仕事場ではたいへん厳しい方とお聞きしていますが、私がお会いしているときには、ほんわかとした心のあたたかさが感じられる方で、そのサンマの塩焼きは、そうした田村さんのお人柄がそのままあらわれているという気がしました。

おいしいものというと、すなわちぜいたくなもの、値段の高いものだと思われがちです。しかしそうではなく、おいしくつくられたもの、ぜいたくにつくられたものは高いということなのです。

たとえば、一流のフランス料理のシェフは、ソースひとつをつくるにも手間ひまをかけ、材料費をかけて、何年もかかって研いだ技術をかけています。このように、おいしくぜいたくにつくられたものは、高くつくのが当然といえるでしょう。

一方、素材そのものの匂いや歯ざわり、持ち味のおいしさを食べるなら、本来、そんなに高くつくものではありません。素材がおいしいのは〝旬〟の時期で、また、旬というのは量もたくさんとれる時期ですから、いいものが安く手に入るのです。

ところが、素材そのもののおいしさを知らない人や、見分け方が分からない人は、どうしても値段で判断することになります。ですから、高い〝はしりもの〟やブランドものをありがたがって食べることになるわけです。

以前、あるデパートの肉売り場を通りかかったら、鮮度が落ちていかにも色の悪い名古屋コーチンを買っている人を見かけました。それを買うくらいなら、普通の安い鶏肉のほうがずっとおいしく食べられますよと、よほど注意してあげようかと思ったほどでした。

おいしくつくられたものやぜいたくなものは、お金さえ出せば労せずして食べられますが、素材そのもののおいしさを食べようとすれば、素材を厳しく吟味する目を、あなた自身が持つことです。

いくら味のいい種類のものでも、鮮度の悪いものはいけません。その人は、普通の鶏肉よりも名古屋コーチンのほうが味がいいという知識は持っていても、鮮度を見分ける目がなかったのです。

残念なことに、最近はこういう人が増えているのです。

心と心の通じあう家庭

私の学校に、新婚二カ月で離婚して料理学校に習いに来られた女性の生徒さんがいました。それまでは文句もいわず、つくった料理を何でも食べていたご主人が、ある日、突然こういったのだそうです。

「二カ月間、我慢してみたけれど、もうこんな料理しか出てこないのかと思ったら、とてもこれから一生やっていくことはできない」

彼女はいま、基礎から料理を身につけたいと、真剣に勉強をやり直しているところです。でも別れたご主人は、別の女性と結婚しさえすれば、おいしいものが食べられるのでしょうか？

私はそうは思いません。おいしくてもマズくても何もいわないご主人が相手では、奥さんの料理の腕があがるわけがない。

人間なら誰にでも、人に認めてもらいたいという気持ちがあります。夫婦だったら、あるいは家族だからこそ、奥さんのそういう気持ちを分かってあげなくてはいけません。おいしいものを食べさせてもらおうと思ったら、まずおいしいものはおいしいと、口に出していうことからはじめることです。

その点、うちの学校の『男の料理』のクラスに来られている生徒の奥さん方には、いつも感心させられます。

ご丁寧にいつも経過報告の電話をくださるのですが、それによれば、ご主人が家で習いたての料理をつくるたびに、とにかくほめまくるのだそうです。

「ああ、おいしかった。やっぱり料理学校で習った料理は味が違う。お父さんは料理の才能があったのね」

そのうちに、最初は料理をつくるだけだったご主人が、材料を買いに行くことからあとかたづけまで、嬉々としてやるようになる。もちろん、料理の腕もあがる。

「おかげさまで、いまでは私も子どもも、主人が料理をつくってくれるのを楽しみにしてるんですよ」

これならご主人もきっと、腕をふるうかいがあるというものでしょう。

それだけでなく、男性が料理をするようになると、奥さんがつくった料理にも意見をいうようになります。また、外で食べたおいしい料理の話を、奥さんにするようになります。たまには一緒に食べに行こう、ということにもなります。そうすると、奥さんも自然に料理の腕があがるというわけです。

現代は共働きの家庭が多くなりましたから、仕事と家事を両立させなければならない女性の負担はたいへんなものがあります。しかし、だからといって、忙しいんだから手抜き料理でも我慢しようとか、外で食べればいいというものではありません。最近、とくに若い男性や小さな子どもたちのあいだに、そういったもの分かりのよさが感じられますが、それは奥さんを助けてあげているようで、じつは育てていないのです。

手抜きのマズい料理には、勇気を持ってマズいという。おいしい料理が出てきたら、「忙しいのによくやってくれるね」と口に出していたわってあげる。ご主人のそのひと言で、日ごろの苦労が報われるものなのです。努力をしないで黙っていては、いつまでたってもおいしいものは食べられません。

とはいえ、日本の男性は、こころの中ではいろんなことを思っていても、口に出していうのが苦手です。かくいう私も、じつはそのひとり。

「気に入れば黙って食べるし、気に入らないと黙って残す。そういうところは、大ちゃんも小ちゃんもあなたにそっくりやね」

大ちゃんと小ちゃんというのは、わが家の二匹の猫のことなのですが、家内にそういわれると、返す言葉がありません。

私たちは、結婚した昭和二十八年に、ふたりで料理学校をはじめました。以来四十年間、彼女は妻であると同時に、ずっと仕事のよきパートナーです。

同じ職場で働いていますから、とくに忙しかった日などは、疲れて家に帰ってこれからまた夕食をつくらなければならないのは、かわいそうだなと思います。ですから、たまには外で食べて帰ろうと、誘って出かけるのですが、いざ外で食べてみると、もうひとつもの足りない。

結局、いつも帰ってからふたりしてお茶漬けを食べながら、「やっぱり家で食べるのがいちばんやな」ということになる。

家内は、仕事というだけではなくて、根っから料理が好きですから、どんなに忙しくてもあまり苦にせずに、私が何もいわなくても一生懸命おいしいものをつくって食べさせてくれます。ただ、ひとつ欠点があって、おなかがすきすぎると、とたんに不機嫌な顔になるのです。

結婚生活四十年のあいだにたった一度だけ、そのことで家内を叱ったことがあります。「ジュース一杯でも飴ひとつでもいいから、とにかくおなかに入れておきなさい」ちょうど彼女が長男を妊娠していたときでした。すごくおなかがすいているのに、結婚したばかりで遠慮があるものだから、私や母より先に食べるのはよくないと思って我慢していたというのです。

しかし、気を使って我慢して、機嫌の悪い顔をしていても、誰も喜んでくれませんし、そんな気分でつくる料理がおいしいわけがありません。

このことがあって以来、家内はちょっとおなかがすいたときに食べられるものを切らしたことがありません。よく夕食をつくりながら、バナナや最中を食べています。

余談になりますが、家内の妹が、夫に死なれて外に働きに出なければならなくなったとき、家内は毎日のようにパンを焼いたり手づくりのおやつをつくって、それこそ山盛りの食料を妹の家に届けていました。

三人の子どもたちが学校から帰って、家にお母さんがいなくても、おなかがすいたときに食べるものがこんなにあると思ったら、それだけでもホッと安心するに違いない、といって……。

どんなときでも、とにかくおなかを満足させることがいちばん。これは土井家の家訓のようなものですね。

料理というのは、腹を立てながらつくるとつらくなる。イライラしているときには、味をつけようにも味が分からない。反対に、楽しくやさしい気持ちでつくると、やはりおいしい料理ができます。

味には、つくる人の肉体的、精神的な健康状態が、正確にあらわれるものです。食べるときも、疲れた顔、おこった顔でご飯をよそってくれたっておいしくない。健康な人は、食卓でもいい顔をしているから、料理がよけいにおいしくなる。

家に帰っておいしい料理を食べるためには、奥さんにいつも健康ではつらつとしていてもらうのが、いちばんなのです。

「クエ」を食う

松山善三

宗教上「海老、蟹は食いません」という民族は別として、世界各国、ほとんどの料理店で、この二種は、上等、美味として珍重される。

僕は、蟹が好きだ。蟹は、世界中、いたるところにいるけれど、中国は上海《シャンハイ》の近く、陽澄湖《ようちょうこ》の「大蟹」がベスト・ワンで、ナンバー・ツーが「越前蟹」、ナンバー・スリーがハワイ島でとれる「コナ・クラブ」と決めている。

陽澄湖の蟹は、秋、菊の香りと共に出荷される。日本人が松茸や栗飯、秋刀魚の煙りを待つように、中国人は、秋になると、この蟹を待つ。秋のはじめは、雌がうまく、寒さが加わるにつれて雄が人気をあげてくる。蟹は蒸して食う。真っ赤に蒸しあがった熱つ熱つの甲羅をこじ開けると、オレンジ色の味噌が一杯。バターとチーズをこね合わせたようなその味覚の比類をみない豊潤さ。肉のしまりは、きりりと、舌にのせるとほんのり甘く、噛みしめると、じゅっと歯の間から、蟹肉の、得も言われぬ美味がしたたり落ちる。ああ、その瞬間の幸せ。

「越前蟹」は、獲れるとすぐに大釜で塩茹でにされる。鳥取県では「松葉蟹」、福井県では「越前蟹」、石川県では「ずわい」と呼ばれる。雌は「こっぺ」「香箱《こうばこ》」「せいこ蟹」とくるからややこしい。しかも、解禁は十一月の十日から三月までだから、これも季節を狙って待たなければ食えない。

「コナ・クラブ」は夏だ。ハワイ島附近の深海にいる。異形《いぎょう》である。食用になる蟹でこれほどグロテスクなのも少ない。巨大な赤い南京虫に爪がついていると言えば、少しは分ってもらえるだろうか。海からあがって来た時、既に赤い。身ばなれがよく肉は雪のように白い。蟹のくさみが全くないから、鍋にしても実に品が良く、野菜や豆腐に匂いがうつらない。蟹への「想い」がつのる。しかし「想い」はどんなに深くても、蟹の美味は、季節にぴったり重なっているから、こればかりはどうすることも出来ない。野菜でも果実でも、旬《しゅん》をにがしたら、もうあとの祭り。日増しに、まずくなるだけだ。

「土佐へゆかないか。早春の室戸《むろと》岬《ざき》から足摺岬《あしずりみさき》まで……」と誘われた時、僕は、瞬間、「コナ・クラブ」を思い浮べた。十年あまりも昔のことだが、僕は、土佐清水へ講演に行った。その港町の宿で、コナ・クラブそっくりの蟹を見た。土地の人たちは「旭《あさひ》蟹《がに》」と呼び「戦前は肥《こや》しにするほど獲れたもんだが……」と笑った。海からあがる時、日の出みたいに赤いから、その名がつけられたと言う。グロテスクな面相にしては美しすぎる名だ。コナ・クラブに比べると、こぶりだが、味はそっくり。口中に甘く、さわやか。それ以来、旭蟹は忘れられない思い出のひとつとなった。季節ははずれているが、土佐湾へ行けばひょっとして、再び旭蟹に御対面できるのではないか。その姿を見るだけでも満足だと思って、僕は「行くべえ、行くべえ」と、うなずいた。旅程は、室戸岬から足摺岬まで、土佐湾の岸辺を一気に突っ走る。距離およそ六〇〇キロ。三泊四日の旅だ。

僕は海が好きだ。終日、眺めていても飽きない。波のうねりや、みはるかす水平線、浜辺を洗う大波小波。その囁きを聞いていると、来しかた、ゆく末のわが身が走馬燈のように明滅する。海は鏡だ。

土佐湾には大小九十余の漁港があると聞く。漁村だらけだ。しかも、ここは黒潮の流れに近く、鰹《かつお》、鰯《いわし》、鮪《まぐろ》、鰤《ぶり》、鯵《あじ》などがひしめいている。旭蟹には逢えなくとも、新鮮な刺身が食える。僕は、胸をときめかせて、土佐出身の友人を訪ねた。旅の前の学習だ。

「名所旧蹟、うまいものは何かね？」

「なんにもねえな」

僕は、一瞬、鼻白む。

「室戸岬で有名なのは台風だな。こいつは凄いよ。一見の価値がある。ただし、生命《いのち》がけだ。生命保険をかけてから行くべし。その他にあると言えば、弘法大師、空海が修行したと伝えられる〝みくろ洞〟というのがある。といっても、ただの岩窟《いわあな》だ。……穴の中から外を見ると、見えるものは、ただ、空と海だけだ。それで〝空海〟と名付けたというが真疑のほどは、まったくでたらめ。しかし愉快じゃないか、この話。……あとは〝最御崎寺《ほつみさきじ》〟。四国八十八ヶ所の霊場、第二十四番目だ。……昔、室津港《むろつ》は捕鯨が盛んだった。今は世界の海へとび出して鮪を獲っている」

「遠洋漁業だな」

「西へ走って宇佐だな。ここは、うるめと鰹節の名産地だ。その手前、桂浜には坂本龍馬の銅像が立っているが、市営の駐車場に車を乗り入れないと見物出来ない仕掛けになっている。馬鹿な話だ。龍馬が泣いている」

『うまいものは、何かね』友人が、ニヤリと笑った。僕はメモを片手に首をのばす。

「クエだな。クエの生《なま》ちり。……ノレソレの、にんにくぬた……」

「クエ⁉」

僕は、顔をしかめた。クエとは一体何か。生ちりと言うからには、海の魚に違いない。しかし、僕はそんな魚を見たこともないし、ノレソレにいたっては想像もつかない。

「だから、いってらっしゃい。旅に出れば、ふだん食えない御馳走もクエ、るから……」

「⁉」

彼は駄洒落を飛ばし、さらに、もう一発、ジャブを突き出して来た。

「土佐の名物は、皿鉢《さわち》料理だが、あれはやめた方がいいよ。ことに〝活け造り〟は最低。考えてもごらん。水槽の中でアップ、アップ、恐怖と飢えで〝ショック死〟寸前の鯛より、今朝、河岸《かし》にあがった鯛の方がよっぽど新鮮でうまい筈だ。生きてりゃ新鮮ってもんじゃない。お前なんか、もう五十すぎたオジンだろ。活け造りはおろか、ダシも出ねえ」

僕は、早々に家へ帰った。そして魚類図鑑をひっぱり出して、クエを引いた。出ている。ハタ科の魚で最高の美味とあるではないか。いざ、出発。

その日の高知空港は、見事に晴れあがり、初夏の陽ざしを思わせた。

「まず、山宝山に登って土佐湾を一望しましょう」という案内者の言葉に、同行の友が、ほいほいと、うなずく。僕はあまり、高いところを好まない。老人になるほど遠景を好む。富士山麓に子供連れで行ってみれば、そのことがすぐに分る。老人は秀麗な富士の姿に、感歎の声をあげるが、子供は野っ原の草むらに花をさがしたり、バッタを追う。海にゆくと水平線を眺めて溜息をつくのは、青、壮、老であって、子供は足もとの砂地に穴を掘る。

土佐湾は、のたりともせず、まるで紺青の切り紙細工のように見えた。あれが足摺岬だ、こちらが室戸岬だと言われても、僕にはなんの感慨も湧かない。土地への郷愁は、そこで受けた人情による。早々に山を降り、野中兼山《のなかけんざん》が開祖と言われる土佐山田へ向かう。ここは、鍾乳洞で名が高い。沿道は、どこまで行ってもビニール栽培の畑地だ。醜悪奇怪な風景だが、そのビニール・ハウスの中に胡瓜やトマト、西瓜が緑の葉を繁らせているかと思えば、心もなごむ。四国は、園芸のメッカだ。三年ほど前のことだが、北海道は最北端、礼文島に行ったことがある。島はまだ、雪に埋まっていた。しかし、八百屋の店頭には、早くも西瓜が並んでいるのを見て、僕は仰天した。西瓜に貼られたラベルには「四国・高知県産」とあった。真冬に西瓜が食える。農業技術の発展のすさまじさは勿論だが、僕は、その時、流通の有難さをつくづくこの眼で見た。このビニール・ハウスの中でぬくぬくと育った胡瓜は、明日、雪の北海道へ飛ぶのだ。

車は、赤岡町《あかおかちょう》に出た。ここから海岸線に沿って走れば、約七〇キロで室戸岬だ。この浜辺は、チリメンジャコの生産で名高い。生憎く、禁漁の季節で、チリメンジャコの干し場を見ることは出来なかったけれど、冷蔵庫から取り出した製品を、漁民の母娘がポリエチレンの袋に詰めていた。トロ箱一つに何万尾のジャコがいるだろう。よく見れば一尾、一尾に美しい眼がキョトンと光っている。その眼に潮騒が聞える。こんな小さな魚を食う民族は、他にあるだろうか。贅沢と言おうか、貪婪と言うべきか。

「うまそうだな。少し売ってくれますか」

と僕。

「東京まで持って帰るのは無理だな。ちょっと前までは、過酸化水素を使って腐るのをふせいだけど、今は、東京のお役所からそれ使っちゃいかんって……過酸化水素使ったからって、死んだ人、ひとりもないのに……東京の偉い人は暇やね」

「おばさん、クエって魚知ってる」

「うまい魚だ」

「このへんで獲れる?」

「ああ、だけど、釣れたらすぐ高知市内の料理屋へ売っちまうから、わしらあんまり食ったことねえな。高い魚だ」

「これから室戸岬へ行くんだけど、そこの旅館で、お目にかかれるかな」

「近ごろの旅館は、みんな冷凍もんだ。クエなんぞ出す宿は一軒もねえ」

「!?」


土佐湾はギラギラと輝き、車は、安芸《あき》市を通過した。四国八十八ヶ所巡りの観光バスとすれ違う。お遍路さんの姿も、匂いもない。遍路は、ひとつの目的、祈願をもって、己の足で、弘法大師修行の遺跡、八十八ヶ所の霊場をめぐり歩くことだが、迷いも、苦しみも、金銭や権力で片づくこの頃である。霊場は観光地におち、お遍路さんもふやけている。行当岬《ぎょうどざき》を過ぎる。突然、前方に室戸岬が見えた。

空だけが青く、地には薄闇が這っている。西の陽光は朱色に変わり、じりじりと燃えつきながら、今、海におちようとしている。

「室戸灯台を手前に入れて、この落日を撮る……傑作が出来るぞ」

わが友は、俄然張り切って、室戸岬航路標識事務所前にカメラを立てる。「何事か……」と、灯台長が顔を出す。信じられないことだが、はるか、西の海上に、薄墨で画いたかのように足摺岬が見える。町の観光課の人でさえ、いままで見たことがないという。

「あんたら運がいい。わしもはじめてだ。こんな綺麗な夕陽は……」と、灯台長も感嘆の声をあげる。陽は、先を急ぐかのように、ぐんぐんと水平線に近づき、空は朱から紫色に衣裳を替える。僕は、これほど美しく、壮大な日没を見たことがない。海は、濃紺から、黒一色に変じ、鉛のような重さを見せる。と、見えた瞬間、茜色の太陽は、最後の線香花火を見るように、その火の玉を海中に落した。火は、水をはじいて、風をおこし、波を従えて、暴風に変わった。台風は、こうして起きるのか。僕は頭の隅に、戦後最大の惨禍、伊勢湾台風を思い浮べた。あいつは、ここから生まれたのだ。

「たくさんの人が死にましたね。海はやさしくて、おっかない」

「ここらでは、嵐の時の風を〝火だつ〟というてね。火事の炎のように巻きあげてくる……」

「風速どのくらいですか」

「伊勢湾台風の時は計れなかった。風速計が、ぶっとんじまったから……」

僕は、その海を見おろした。灯をともした漁船が、なんの不安もなく操業している。

いま獲れるのは、ひらまさか鱸《すずき》、鰤《ぶり》だという。今晩は、ひらまさの刺身だ。あいつも悪くない。身体も冷えた。熱《あ》つ燗《かん》が恋しい。

楽しみにしていた夕食の膳には、残念無念。クエも、ひらまさも、出なかった。

しかし、翌朝の日の出は、これまた、勇壮豪快、血のしたたるような鮮烈さで、僕をうならせた。しかも、奇怪なことには、昨日、夕陽が沈んだあたりの海から朝日があがってくるではないか。ここの太陽は海からあがって、海へ落ちる。東西の感覚が混乱する。鰹、鮪の遠洋漁業で有名な津呂《つろ》港に寄る。船の姿は一隻もない。

「船はみんな漁に出てる。ケープタウンの沖からインド洋。……濠洲、ニュージーランド沖からパナマへ。……今頃はニューヨーク沖で鮪を釣っている。……景気のよかったのは昭和四九年。一航海で、一億円の儲けはざら。ところがオイル・ショックと乱獲がたたって、この頃じゃ一億の赤字、これもざら。……町歩いても、活気がねえだろう？　……困ったもんだ」

「どうしたらいいのでしょう」と僕。

「三年ばかり鮪とらねば、鮪はウジャウジャ増えるけど、こっちは、一隻、三、四億円。潜水艦なみの船こしらえちまったから、休む訳にはいかねえ」

「鮪がなくなったら、江戸前の寿司は全滅ですね」と僕。

「そう……。東京の奴ら、腐ってもトロだからな」

「!?」


宇佐港は、うるめ、鰹節の生産地だ。さすがに港は賑わっていた。僕はオッチョコチョイの野次馬で、なんにでも興味を示す。鰹節はどうやって作るのか。すぐさま製造所にとびこむ。

「脂ののった鰹は、節《ふし》にはむきません。生切《なまき》りといって、まず頭と腹を落しますね。三枚におろした奴は亀節《かめぶし》といいます。四キロ以上の大きなやつは、さらに背と腹の二つに切ります。……背身を雄節《おぶし》といい、腹身を雌節《めぶし》といいます。おろした鰹を籠に並べ、釜で煮ます。そのあと小骨と皮をはぎ、もみつけと言いますが、血あいと肉をミンチにした泥状のものをこすりつけ、炉に入れて一週間、薪を燃やして燻製します。薪は松が最高。……燻製の終わったやつを箱につめて、今度はむろにしまいます。黴つけ作業です。一番カビ、二番カビ、三番カビと、黴が出るたんびに陽に干す。一本の鰹節が出来あがるまで、四、五カ月はかかりますね」

鰹節と昆布の味は、日本の代表選手だ。美味の真髄といっても良いだろう。鰹節の良し悪し、見分け方も伝授してもらったが、先を急ぐ。宇佐大橋を渡り、横浪《よこなみ》スカイラインに入る。見事なドライヴ・ウェイだ。道は土佐湾の全貌を見おろしながら蛇行する。

スカイラインのはずれは、宇佐から入りこんだ深い入江のわき、鳴無《おとなし》神社の前へ出る。あっと驚く、山中の海である。浮標《ブイ》の上にこしらえた、茶店にも似たレストランが三軒、同じ海賊料理の看板をあげている。あさり、はまぐり、さざえ、「長太郎」と呼ばれるほたて貝、「流れ子」と呼ぶとこぶしを、ガスコンロの火で、じかに焼いて醬油をつけて食う。すべてが生きた貝だから、確かにうまいが、とこぶしが眼鼻のない白い身体をのけぞらせて苦しむ姿は、まるで惨酷料理だ。とかなんとか言いながら、僕は焼ける貝の中へ酒をちらりとふりかけ、舌を鳴らして食う。うまい。

四万十川を渡り山間の道へ入る。僕はもうグロッキーだ。室戸岬を出てから、すでに七時間、車にのりっぱなしだ。いい加減にしてくれ。尻が痛い。

「いよいよホーム・ストレッチ。……足摺スカイラインに入ったぞ」と、カメラ片手に友が叫ぶ。

陽は、西の海上すれすれだ。くねくねと道を曲るたびに、右に左にと、海が顔を出す。車は岬の突端へ向かっているのだ。もう、この海は土佐湾ではない。黒潮おどる太平洋だ。今まで前方に見えていた夕陽が、みるみる右側にまわり、後方へ飛んだ時、突然、眼下に足摺岬、伊佐の町が見えた。さあ、今度は皿鉢料理だ。魚のオンパレードだ。クエは顔を出すだろうか。

ホテルの風呂にどっぷりとつかり、僕は手、足、腰の疲れをのばす。はるけくも来にけるものかな、という感慨はない。日本全国、どこからでもわが家へ直通電話がかけられる。電話の進歩が、旅情を奪った。テレビの普及が方言をつぶした。どんなに遠くへ行きたいと願っても、恐れや不安、羞恥や郷愁を失ってしまった僕たちに、もう、旅の愉悦は薄い。と、同時に生活文化の向上が、地方と中央の区別を無くしてしまった。良いことか、悪いことか、僕は知らない。今、僕が欲しいのは、クエの生ちりだ。喉から手が出る。食いたい食いたい。だが食卓に並んだ料理にクエ様の顔はなかった。

豊饒の海はどこへ行ったのか。

僕は、夕食後一人でホテルのカウンター・バアへ行った。酒も苦い。ふと、正面の壁を見ると、そこに大きな魚拓がかかっている。その魚拓になんと「クエ」と書いてあるではないか。

全長92㎝、重量12kg、道糸50号、ハリス・ワイヤー38番、釣人、渡辺東洋一、釣り場所宮の鼻。

僕の眼は、その魚拓に吸いつけられた。色はさだかではないが、カッと見開いた眼、グワッと人を呑むような口、厚い唇。見るからに骨格の太い魚である。悪相だが下品ではない。ああ、貴様が「クエ」か。僕の胸は鳴った。

やっぱりいるのだ。こいつを釣るのに、その情熱の全てを賭ける男もいれば、こいつを食いたいばかりに、遥々東京くんだりからこの岬へやって来た食い意地の汚い男もいるのだ。僕は、部屋に馳け戻ると、高知市内の板前料理店「わん家」の主人に電話をかけた。

「明日の晩、お宅の店へゆく。クエの生ちり、ノレソレのぬたを食わしてくれ。勘定は問わない。拝みます。頼みます」

足摺岬は六〇メートルの断崖である。寄せ来る波は眼下に砕けて、無数の紋様を見せる。凪は爽やか。今日も雲ひとつない。

土佐清水へ向かう。足摺半島の西岸である。案内してくださるのは土佐清水市教育委員の中山進氏だから、僕は、ものを聞く一方。この人、顔はやさしく言葉もやわらかだが「おらはおらだ」という土佐っぽの骨が太い。

「このあたりは松尾海岸といいます。リアス式の海岸ですね。松尾は、鰹の古称〝松魚〟から転化したとも言われています。この沖で獲れる鰹が日本で一番うまい。何故かと言うと南から北へとあがって来た鰹は、この沖でもみくちゃにされます。荒瀬といって、三角帆波の立つところなんです。鰹は、この沖の荒い潮流を乗りきるために脂がぬけて、身がしまる。……」

臼碆《うすばえ》灯台への道は楽しかった。わずか半キロほどの小道だが、やぶ椿、うばめ樫、やま桃などが囁くように生い繁り、その間隙から大海原が覗く。灯台から見る絶景は、足摺岬の比ではない。静かだ。白波が渦を巻き、黒潮が声をかけてくる。

「日本列島の中で、一番、黒潮に近い岬です。夏になると沿岸流と黒潮の流れが、はっきり色で区別されます。……あそこに龍神様が祀ってありますね」

見れば、前方のなだらかな崖に、小さな石の祠《ほこら》がある。

「今は、誰でもおまいりできますが、昔は女だけの龍神様でした。漁に出た船が何日間も帰らないことがあるでしょう?……そういう時、漁師の女房は夫の安否を気づかって、あの龍神様を拝みにくるのです。沖に向かって、着物の前をひろげて、自分の女を見せて、神様に聞くのです。夫は無事でしょうか……。すると、沖からの風が、それを教えてくれる。……そういう言い伝えがあります。今は、大漁祈願の龍神様に、なりさがっちゃったけど……」

手づくりのトンネルをぬけると大浜の海岸である。その向こうが、中ノ浜。ジョン・万次郎生誕の地だ。中浜万次郎翁の記念碑と、彼が少年時代に働かされたという石臼が雑草の中に転がっていた。土佐清水は、もう眼と鼻の先だ。

僕は別れ際に、中山さんに聞いた。

「クエという魚、御存知ですか?」

「最高、絶品、まだ食べてないんですか」

「わん家」のカウンターで、僕はやっと「クエ」にお目みえした。褐色に黒い斑《まだら》の模様である。面相は想像した通りニューヨークのギャング、体形は高見山に似ている。ところが、ひとくち、口にふくんだ生ちりの味は、淡くなめらか、鯛の薄造りに似ていた。なるほど、美味だ。

「もう少し活きがいいと、ぴりぴりと、その身が庖丁に巻きついてくるんだけど……今度はもうちょっと早く電話を下さいな。ノレソレは、ガラスで作ったような綺麗な魚だけどもう季節はずれだ。……そのあと、鍋いきますか」

ちりは、裏ごしにかけた肝とあさつき、紅葉おろしを塩梅《あんばい》したポン酢か醬油で食う。口中に潮風が吹く。ふぐより淡白でくさみがない。脂肪はほんのり、楚々とした美人を思わせる。僕は純白、雪のような身を口中に頰ばりながら、虎視眈々、深海で獲物を狙うクエの精悍なツラを思い浮べた。風速計を飛ばすような嵐や三角帆波にもめげず、よくぞ、ここまで成長してくれた。しかも、これほど、美味に……。僕はクエと、神の恩恵に感謝しながら、残ったスープで雑炊を炊いてもらい腹いっぱい食った。土佐湾への愛着が、ひしひしと湧いてくる。

僕は、はじめに、旅の愛着はその土地の人情によると書いた。「いごっそう」な人にぶつかることなく、旅の思い出は、早春の原っぱのように、今、種々の芽をふきはじめた。今度は、秋、嵐の季節に訪ねたい。

私のお弁当

沢村貞子

テレビドラマの収録が思いのほか捗《はかど》らず、夜半、一時二時をすぎることがある。そんなときでも、私は家へ帰るとまず台所に立ち、空のお弁当箱の始末をする。いくら疲れているからといって、塗り物を一晩中水につけておくわけにはゆかない。ぬるま湯で丁寧に洗い、乾いたフキンでよくふいて食卓の上へ並べて……さて、

「あーあ、今日の仕事はくたびれた……」

とホッとするのが習慣になっている。

その面倒みのよさのおかげで、私のお弁当箱はもちがいい。赤、青、黄のうるし塗り三つ重ね。おかもち型や半月の春慶塗り。丸型や小判——たっぷり大きいのや、ほんの虫おさえの小さいものなど……それぞれ違う七組の塗りものの中には、もう二十年あまりも使っているものがいくつかある。

仕事がおそくなるはずの日、私はいつも藤の籠に、番茶の魔法瓶と手製のお弁当をいれてゆく。朝、それを用意するために一時間ほど早く起きなければならないけれど、おっくうだと思ったことはない。生れつき低血圧の私は、台所中バタバタしているうちにすこしずつ血のめぐりがよくなってくる。なにしろ役者という職業は、とにもかくにも現場へゆき、タイムカードをおせばいい、というものではない。その役らしく扮装をととのえ、演出どおりチャンと動き、台本どおりキチンと台詞を言える状態でなければ仕事にならないのだから……お弁当ごしらえは、寝起きの悪い私にとって、ちょうどいい準備運動ということにもなっている。

私たちは、身体のほかに元手がない。私のようにあんまり丈夫でないものが、食べものをいい加減にしていたら、その元手はたちまち、すり減り、つぶれてしまう。そのくせ、あれこれ神経をつかうことが多いから、つい食欲がなくなりやすい、齢をとれば尚更のこと。それを自分でだまし、すかして、箸をとる気にさせるためには、見た目に美しく、香りもよく、味も好みのものばかり、しゃれた器に手際よく盛りつけた「私のお弁当」でなければならない。

むかし、六代目菊五郎さんは、舞台に出る直前に丼ものをかっこんでいる若い役者を、

「バカ野郎、腹いっぱいでいい芝居が出来ると思っているのか……」

と怒鳴りつけたという話をきいた。

そう言えば、私が弟の付き人で浅草の小屋へ通っていたころ、楽屋で、

「腹の皮が突っぱって……眼の皮がたるんで……」

と古い役者が、夢中でおすしなど食べている子役の傍で囃《はや》していた。たべすぎるな——とたしなめていたのだった。

自分が役者になってみて、それが改めて身にしみた。空腹すぎてもイライラして具合が悪いが、食事をしてすぐライトにあたったりすると、ボーッとしてセリフを忘れ、間《ま》をはずし……ときには眠気がさしたりしてとんでもないことになる。こわいこと……。

「猿まわしは、どんなに猿を可愛がっていても、芸当をする前には決して飯をくわせないそうだ」

と、父も言っていた。

だから、食後はしばらく休んで……と思っても、決まった休憩の混み合う食堂では、注文したものが来るまで時間がかかる。

「私のお弁当」なら、お好きなときにお好きなだけ……というわけである。

大きい声では言えないけれど、私にとってお弁当は、ほかにもちょっと意味がある。何カ月もの長いドラマに出演すると、若い人たちと毎日のように顔をあわせることになる。お互いに役から離れてホッとするのは食事時間だけ……。そんなときイソイソと食事に出かけようとする息子や娘、嫁役の人たちが、フト老け役の私に気をつかったりする。

「沢村さん、今日は何を召上りますか？」

私はやさしく首を振る。

「ありがとう、でも、私持ってきたから」

「ああ、かあさんはお弁当ね……じゃ」

パタパタと駆け去るうしろ姿の嬉しそうなこと。無理もない、せめてご飯のときぐらい、若いもの同士、勝手なおしゃべりをしたいだろう。古すぎる先輩の顔色なんか見ないで……。こちらもご同様である。無理して若い人に調子をあわせ、ハンバーグやギョウザをモグモグしながら、チンプンカンプンわからないニュー・ミュージックの話に、なんとなくクリスタルな顔をするような——そんな気骨の折れるおつきあいはご免を蒙りたい。何しろこちらは明治ですからねえ。

さて、ひとり個室に坐り、ゆっくりお弁当の風呂敷をひらくのだが……その中味が、問題である。

もし、固く冷たいアルミニュームの箱に、昨夜の残りものが邪慳に放りこんであったとしたら、老女の胸はキュッといたんで、

（なによ、私ひとりおいてきぼりにして……セットじゃ一目おいているような顔をしているけれど、しょせんは逃げ出したいんでしょう……）

などとブツブツ――哀れにぼやくはめになる。けれど、私はいつも機嫌がいい。朱塗りの三段重はつやよく磨きあげられて、手ざわりが暖かいのだもの。

一番上には好物のお新香――ほどよくつかった白いこかぶと緑の胡瓜。傍には黄色も鮮やかな菜の花づけ。銀紙で仕切った半分には蜂蜜をかけた真赤な苺の可愛い粒。中の段には味噌づけの鰆《さわら》の焼物。その隣りの筍と蕗、かまぼこはうす味煮。とりのじぶ煮はちょっと甘辛い味がつけてある。上に散らした小さい木の芽は、朝、庭から摘んだばかり……プーンといい匂いがしている。隅にはきんぴらの常備菜。下の段の青豆ごはんがまだなんとなくぬくもりがあるような気がする――これが塗りものの功徳というわけ。

（どう？　ちょっとしたものでしょう、このお弁当は……）

姑役の古い女はニンマリと得意げに塗り箸をとり出して、まず魔法瓶から香ばしい

番茶を一口。

美味しいものを食べると、人間はやさしい気持になる。こういうとき、食後の芝居はみんなとイキがあってうまくゆく。

「このお弁当、みんな一人で食べるんですか？」

この間、誰かが心配していた。腹六分目と決めている私にしては、たしかに量が多い。たっぷり二人前はある。つまり、これは、料理好きの癖の一つ——どうもひとに食べさせたがる。結局、私のマネージャーはたびたびお相伴させられている。

ずっと前、ＮＨＫの「若い季節」という番組で一緒だった黒柳徹子さんは、そのお相伴をとても喜んでくれた。局で顔をあわせると、セリフをあわせる前にまず、

「ね、かあさん、今日のおかずはなに？」

といつも興味津々。食事どきには当然のように私の部屋へ……。ある日、ほかの番組に出ていた津川雅彦君を突然つれてきて、

「今日は特別に、私の権利をこの人に譲ってあげたの」とすましているのだから……まったく。

ここのところしばらくその機会がないが、またいつか、チャックと一緒にお弁当を突っつきたい。食いしん坊同士——楽しんでくれる人とわけあうのが、本来のお弁当

の意義なのかもしれない。

どうやら、役者というものは、猿と猿まわしの二役をかねなければならないらしい。私という猿が上手に芸当をするように——私という猿まわしがいつも美味しい餌を用意して、時間をはかって、適当に食べさせなければ……。

さあ、明日も早くおきて「私のお弁当」をセッセとこしらえることにいたしましょう。

ピー子ちゃんは山へ

林　政明

忠《チユウ》さんからの電話

いまから五、六年前、まだボクがいやはやの連中と知り合う前の話だ。五月の連休を前にしたある日、忠《チユウ》さんから電話があった。忠さんは名前を「佐藤忠司《さとうただし》」という。

忠さんと知り合ったのは八年くらい前だ。ちょうどそのころボクは谷の魚釣りに狂っていて、とある小さな出版社から出されている沢登りの雑誌を定期購読していた。

ある月の号の隅のほうに、

〈こんど購読者のみんなで集まって、奥多摩あたりのテント場で一杯飲《や》りましょう〉

みたいな記事が載っていた。

どうせヒマだ、と思って参加したその会で、たまたま隣り合わせになったのが忠さんだった。

身長は軽く一八〇はあろうかという大男で、そのうえブルーのゴアテックスのカッパを羽織って、よりいっそうデカく見える。顔はといえば、頬にけっこうデカい傷がある。そのくせ、黒縁のメガネの下でギョロッとした目がなぜか笑っているという、印象深い風貌なのだ。

酒を飲んでは、なんかバカな冗談ばっかり言って、まわりを笑わせている。

（おかしなオッサンだなあ）

そう思っていたら、唐突に話しかけてきた。

「林《ハヤシ》さんは、どこから来たんですか」

「あ、ボク立川です」

「オレも立川だよ」

それがきっかけで、以来忠さんとのつき合いが始まった。

忠さんはもともとはクライマーなのだが、クライミングに行くときも必ずザックの中に釣り竿が一本入っているという、なかなかの釣りキチなのだ。そこで、ボクが忠さんに釣りを教えて、忠さんがボクに岩登りを教えることにした。二人はいわば〝技術提携〟をする仲なのだ。

親しくなるにつれ、毎週毎週休みとなると、二人は必ずどこかの山や谷に出かけるようになった。

そのときの電話も、そんな中の一本だ。

「林《リン》さん、こんどの連休、どこか釣り行こうぜ」

「いいですよ」

数日後、高田馬場の安い飲み屋でボクたちは打ち合わせをすることになった。

忠さんは、声をかけた会社の仲間何人かを連れて、時間どおり約束の飲み屋にやって来た。

「さてと、どこに行こうか」

忠さんの旅の計画の立て方は面白い。スケジュール表をきちんと立てて、それに沿って着々と予定を立て、分担を決めていくということは絶対ない。もっと思いつき的、もっと場当たり的なのだ。

たとえば誰が何を持っていくかということはこんなふうにして決まる。

「えーと、いまここ晩メシな。みんな、お茶碗持った？　ない？　じゃ誰が用意する？」

で、茶碗を持ってくるヤツが決まる。

「おっと、よそう米がねえや。米炊くコッフェル誰が持ってる？　ガスは？」

万事こんな調子で準備が整っていくのだ。

かといって忠さんは、単なる山好きのオッサンというわけではない。本業の印刷所に勤めるかたわら、ヒマラヤ遠征隊隊長になって高峰に挑んだり、若いクライマーを熱心に育てたり、と言ってみれば本格的な登山家《やまや》なのだ。また、山の写真に関してもプロ級の腕前である。

本当だったらそんなベテランは、持っていく物や手順なんかわかりきっていると思うんだが、なぜかこういうアットホームなやり方でプランを立てていく。

「忠さんさあ、ヒマラヤ行ったときもこんなことやったの？」

「似たようなもんさあ」

忠さんを中心に計画は着々と立てられていった。結局、目的地は福島県の一ノ戸川と決まった。

飯豊《いいで》連峰三国《みくに》岳を源流とする川で、イワナもたくさんいるいい川だ。五月の連休といえば、そのあたりはちょうど山菜がたくさん採れる時期でもある。

出発までの約一週間、ボクはキャンプを楽しみに待った。

加藤さんのユウウツ

いよいよ五月の連休がきた。

忠さんとボクが住んでいるということで、待ち合わせ場所は立川になった。忠さんの会社の仲間二人も加わって、一行は午後九時ごろ立川に集まり、車に乗り込んで、いざ出発となった。

連休ということもあって道路は初《しょ》っ端《ぱな》から混んでいた。忠さんの提案で、イライラ解消のため、運転手以外は早速酒をちびちび飲《や》りはじめた。

忠さんは、本当に楽しい酒を飲む。

「酒は楽しく飲もう。せっかく金出して飲むんだから、ヘンなふうに飲んだら不経済だ」

忠さん自身そんなに金のあり余ってる人じゃないからということもあるだろう。よく自分のことを「オレは金はないけど〝忠《チユウ》さん階級〟だよ」とか言っている。でもそんなことよりも、忠さんのとにかく明るく楽しい人柄がそういうことを言わせるのだろう。

たとえば山で、一〇人くらいで焚火を囲んで飲んでいるとする。一〇人もいると、必ずだれか一人か二人は、いままであったいやなことだとか他人の悪口だとかを言い出すものだ。なーんとなくその場の雰囲気も重くなってくる。

そんなとき、ちょっとでもだれかがそういうことを言い出すと、忠さんは、

「まあまあ、やあやあ」

と自然に話を楽しいほうに楽しいほうに持っていってくれる。

忠さんのこの技量はすごいなあと思う。

だから忠さんとの酒は大好きだし、忠さんが何か話をはじめると、ボクはいつもウキウキしてくるのだ。

すこし走ったころ忠さんが言った。ちょうど浦和か大宮あたりの高速道路に入る手前だったと思う。

「うちの会社の加藤っていう人が、このへんの新興住宅地に住んでんだ。その人、ニワトリ飼ってるんだけど、それ、持っていってくれって言うんだよ」

話はこうだ。

加藤さんは、実はある祭りの夜、二人の娘にせがまれて夜店でひよこを一匹買った

のだそうだ。ピヨピヨピヨピヨ鳴くかわいいひよこに、子どもたちは『ピー子ちゃん』と名前をつけて可愛がった。

ところが三カ月たち、半年たち、一年たち、ひよこはどんどん大きくなって、やがて立派な雄ん鳥に成長した。そして三年たったいまも二人の子どもは『ピー子ちゃん』という名の雄ん鳥を相変わらず大切にしていた。

ところが問題が起きた。

ピー子ちゃんは雄ん鳥だから、朝は当然早くに目を覚まし、

「コケコッコーッ、コケコッコーッ」

とデカい声で鳴く。

近所迷惑は言うまでもない。

しびれを切らした近所の人がたまりかねて苦情を言ってきた。

「加藤さん、なんとかしてよ！」

それで悩みぬいた加藤さんは、忠さんに声をかけてきたというわけだ。

「忠さん、うちの雄ん鳥うるさくてしょうがないからさあ、山に持っていっちゃってよ。放すなり食べるなり、好きにしていいからさ」

忠さんはこれを二つ返事で引き受けた。

「林《リン》さん、な。とりあえずそのニワトリもらって、それから福島向かおうぜ」

ボクたちは、まずその加藤さん家《ち》に向かうことにした。

深夜の捕獲大作戦

道路が渋滞していたこともあって、目的の家についたのは夜中の一二時ごろだった。

加藤さんの家はごくありふれた新興住宅地の中にあった。

とはいえ、庭もまあまあある結構立派な一戸建てだ。

「いやあ道路が混んでてねえ、遅くなっちゃったよ。ごめん、ごめん」

忠さんがそう言うと、加藤さんは挨拶もとりあえず、

「ピー子ちゃんをよろしくお願いします！」

と力強く言った。

加藤さんはごくふつうのサラリーマンっぽい人で、いかにも〝いいお父さん〟という感じの人だった。

加藤さんに案内されて裏庭に行くと、大きなニワトリ小屋が目についた。犬小屋の三倍ぐらいある立派なヤツだ。でも覗き込んでみても、中にピー子ちゃんはいない。

そうこうしていると、家の中からパジャマ姿の女の子二人が眠そうな顔をして出て

きた。中学一年と小学校三、四年といったくらいの二人の姉妹だ。

（なんでこんな遅くまで起きてんのかなあ）

いくら連休とはいっても夜中の一二時。ヘンだなあ、とボクは思った。

庭がずいぶん騒がしくなったのに気づいてか、奥のほうからお目あてのピー子ちゃんがのんびり出てきた。ボクもそれまでずいぶんいろんなニワトリを見てきたけど、こりゃデカいや、と感心するほどの大きさで、やけに堂々としていた。

まさかこんな夜中に自分が捕まえられるなんて考えてもいない様子だ。

こっちはこっちでお目当てのピー子ちゃんが目の前に現われて、これは気合を入れてやらないといけないぞと気を引き締める。

「よし！」

さっそくピー子ちゃんを捕まえにかかる。ところがピー子ちゃんは、いくらこっちがやさしそうな素ぶりを見せても、敏感に殺気を感じとってバタバタ逃げ回る。ボクたちはボクたちで酔っ払っていて足もとがもつれるしで、なかなかうまくいかない。

ただでさえ渋滞したせいで時間がおしているのに、このままモタモタしていたら明日の朝、釣り場に着くのはいつになることやら……。

ボクはだんだん焦ってきた。

はじめはダンボール箱に入れて持っていこうと思っていたのだけど、業を煮やしたボクは、ついつい言ってしまった。

「忠さん、面倒くさいから、もうここでバラしちゃおうぜ」

あやしい酔っ払いの深夜のドタバタに、それまでだけでも十分不安そうにしていた女の子たちだったけど、これを聞いて、

「エッ？」

という顔をし、さらに忠さんの冷酷で冷静なひと言、

「おう、バラすのはいいけど、血抜きはどうすんだい？」

を聞くに至っては、火がついたようにワーッと泣き出した。

「ピー子ちゃんが殺されちゃうよー」

（あっ、いけね）

そのときボクははじめて、女の子がこんな夜遅くまでなぜ起きていたのか意味がわかった。

加藤さんは二人の子どもたちに、「おじさんたちにピー子ちゃんを食べてもらおう」とは言ってなかったのだ。

あとから忠さんに聞いた話はこうだった。

近所からの苦情に抵抗できなくなった加藤さんは、やはりピー子ちゃんを手放すことに決めた。忠さんには「バラして食っちゃってもいいよ」とは言ったけど、ピー子ちゃんを大切に可愛がっている娘たちにそうは言えない。

そこで娘たちにはこう説明したのだそうだ。

「お父さんの知り合いに、山へよく行く人がいる。ピー子ちゃんももう大きくなったから、こんな狭い所で飼っておくのはかわいそうだ。だからそのおじさんたちにピー子ちゃんを山へ連れていって放してもらおう。そうすれば広いしエサはいっぱいあるしコケコッコでもなんでも騒ぎたいだけ騒げるし、ピー子ちゃんは野山で幸せに暮らせるよ……」

お父さんに説得されて、二人はピー子ちゃんを手放すことに渋々納得したのだそうだ。夜中の一二時、起きてボクたちを待っていたのは、ピー子ちゃんを幸せにしてくれるやさしいおじさんたちに挨拶をして、ピー子ちゃんに最後のお別れを言うためだった。

ところが実際にやって来たのは酔っ払いのオッサンたちで、バタバタ騒いだうえ「バラしちゃおうぜ」だからたまったもんじゃない。それで二人はワンワン泣き出したのだ。

気がついたボクは、あわてて、

「バラすなんてしないよ。殺すんじゃなくてピー子ちゃん、山に連れていってあげるんだからね。ピー子ちゃんは山で幸せに暮らせるよ」

とは言ってみたものの、もうあとの祭り。

「殺されちゃうー」

「食べられちゃうー」

二人はボクたちの言葉にまったく耳も貸さずワンワン泣くばかり。

ボクはその子たちの気持が実によくわかった。

ボクも子どものころ、家ではニワトリを飼っていた。何度か親父がニワトリを殺して家族みんなで食べたことがあったけど、そんなときボクは決して食べなかった。毎日毎日、自分がエサをやって育ててきた可愛いニワトリだったから、泣いたかなにかして食べることができなかったのだ。

なんとなくそのときのことを思い出して、女の子がちょっとかわいそうだった。

女の子が泣くなかで、ボクたちはピー子ちゃんをやっとのことでダンボール箱に詰め込んで、逃げるように福島へと向かった。

（加藤さん家《ち》、いまごろたいへんだろうなあ）

ボクは女の子たちのことが気になって忠さんに、

「忠さん、加藤さんに悪いことしちゃったねえ。オレが〝バラしちゃおう〟なんて言ったから……」

と言ってみた。

ところが忠さん、

「いいんだよ、林《リン》さん。もらってしまえば、こっちのもんさ！」

明るく笑った。


ガムよりかたい〝おじいさん〟


目的の一ノ戸川に着いたのは、次の日、昼すこし前だった。

まだ山肌には雪がベッタリで、川岸にはところどころ残雪があった。

ピー子ちゃんを料理するのは晩メシのときということにして、とりあえず四人は釣りに出た。その間、ピー子ちゃんにはダンボール箱に入ってもらうことにした。
二、三時間後、釣りから戻ってきて、いよいよピー子ちゃんを料理することになった。

「ピー子ちゃん、誰がやる？」

「林《リン》さん畜産科なんだから、林さんがやれよ」

と忠さんが言う。

ボクの出た青梅農林高校畜産科では、実習と称してニワトリのバラし方も教えていた。

頸動脈をペテナイフでスッと切って、すぐに足を上にして逆さにする。そのまま針金で引っかけて、十分に血抜きをするのだ。

実習は一人一羽ずつやるんだけど、なかにはドジなヤツもいる。捕まえそこなうヤツもいれば、ちょっと切ったところでニワトリがバタバタ暴れたからって手を離してしまうヤツもいる。半分切れて「く」の字になった首から、噴水みたいに血を噴き上げてバタバタ走り回る姿は圧巻だ。きれいといえばきれいだけど。

畜産科では、他にもいろいろと面白いことをやった。

入学したばかりの一年生がまずやらされることは子ブタのキンタマ抜きだ。オスのブタは成長するにつれ肉がかたくなるので、若いうちにタマを抜いて去勢するのだ。二人がかりで、まず一人が子ブタの足を押さえて仰向けにする。もう一人がキンタマをギュッと握ってカミソリでピッと切る。すると中からタマがペロッと出るので、それをハサミでパチッと切って、あとはそこに赤チンかなんかペタッと塗っておしまいだ。

子ブタも最初はヒーヒー言ってるけど、何分もしないうちにおとなしくなって、心なしか目つきも色っぽくなる。

ニワトリもブタも、ただ食べられるためだけに生まれてくるなんて、かわいそうだなあ――そのころは、そんなふうに感じていた。

「オレ、やろうと思えば全部できるけど、殺すのあんまり好きじゃないから、だれか首ハネるのだけやってよ。そしたらあとオレ、やるから」

前の晩は寝てなかったし、ボクはそう言い残してテントで仮眠した。

一時間ぐらいして起きてみると、たぶん忠さんだと思うけど、だれかが首をハネて羽をむしってくれていた。それで、あとはボクが料理をした。

最初は太ももの肉を串に刺して焼いてみた。ところがピー子ちゃんは雄ん鳥で、しかも三年以上たっている。

ふつう町で売っているニワトリは、小ビナなんていうのは卵からかえって一カ月半ぐらいのものだし、大ビナでもせいぜい二カ月から三カ月だ。一年もたったら食用に適さないというのが常識だ。まして三年もたったものは〝おじいさん〟で、はっきり言って食いモンじゃない。

実際ピー子ちゃんの塩焼きは、ガムよりかたくて食べれたものじゃなかった。ただレバとかハツは、焼いて塩をふればそれなりに食べることができた。

感激の『ピー子ちゃんおじや』

次の日の朝。

朝メシを食べながら、まず忠さんが切り出した。

「林《リン》さん、どうしようか、残りのピー子ちゃん。捨てるの、もったいないしなあ」

「そうだねえ。こんな年寄りピー子ちゃんはもうコトコト煮てだしとるしかないよ」

「そうか……」

だしを使って何かうまい料理を作ろう。一同そう決めて、とりあえず鍋に水とピー子ちゃんを入れ、火にかけて釣りに出かけた。

二、三時間もたったころ、釣りから帰ってくると本当にいいだしが出ている。ゆうべの残り飯を使って、このだしで『ピー子ちゃんおじや』を作った。

登山家《やまや》はおじやをよく作るから、忠さんもボクもそれまでいろんなおじやを食べたけど、このときのおじやは格別だった。

「さすがピー子ちゃんだなあ」

忠さんはうなった。

忠さんにとって『ピー子ちゃんだし』は格別だったにちがいない。

山の仲間というのは、たいてい自分のメシは自分で持ってくる。

「あたしはパン」

「オレはおにぎり」

といった具合に各自勝手に持ってくる。

あるとき、キャンプ場でメシを食べていたときのことだ。

そのとき忠さんは、インスタント・ラーメンを食べようとガスにコッフェルをのせてガンガンやっていた。

わきでケンタッキーかなんかのフライドチキンをかじっていたヤツが、食べ終わった骨をポーンと投げ捨てた。

すると忠さん、真剣な顔でキッパリと、

「おーもったいない、捨てんなよ」

急いで拾うと、

「いまオレ、ラーメン作ってっからよ」

いきなり、コッフェルにブッ込んだ。鳥ガラスープのつもりらしい。

でも、鳥のスープなんて本当は最低でも二時間ぐらいやらないととれないものだ。

それでも忠さんは、出来たラーメンをすすりながら、

「林《リン》さん、うめえよ。やっぱりちがうなあ」

万事そういう調子なのだ。

だからこのときの『ピー子ちゃんだし』は、忠さんにとってまさに絶品だったと思う。

日本中のピー子ちゃんよ、シアワセに

それから何年後か、いやはやで四万十川に行ったときのこと。

夜、みんなが寝静まってから、ボクは明日の朝メシの米を炊いていた。次の日、キャンプが朝から忙しいときは、ボクはよく晩のうちに次の日の朝メシを炊いておくのだ。

ちょうど地元の若い人が二人、キャンプの手伝いに来ていたので、米が炊ける間、

焚火にあたりながら三人でボケーッとしていた。あんまり退屈なのでボクは二人に、このピー子ちゃんの話をした。

『ピー子ちゃん物語』がひととおり終わってから、その晩は寝た。

明けて次の日は、四万十川を海まで出るという計画だ。一日めいっぱいカヌーを漕ぎまくり、やっとの思いで海まで出て、ヘトヘトになってテント場へたどり着いた。晩メシの用意をしていると、ゆうべの二人がやって来た。

「林さーん、ニワトリ持ってきたよー」

持ってきたのはいいけど、やっぱりピー子ちゃんと同じ、歳とった雄ん鳥で、しかも生きているヤツを三羽、大事そうにダンボール箱に詰めてやって来た。疲れきっているときにガムみたいな鳥を三羽もだ。

べつにボクはニワトリが欲しくて二人にピー子ちゃんの話をしたのではなくて、ただ退屈だったからしただけなのだ。

しょうがねえなあと思いながらも、せっかく持ってきてくれたんだからと、一羽だけスープをとって、残りの二羽は河原に放した。

あとで野田さんに聞いたら、その二羽は野犬に食われたとか言っていた。

実際、ボクは日本のあちこちの山や川へ行くけど、河原にはよく不釣り合いにニワトリがいる。白色《はくしょく》レグホンがなぜか河原を走っていたりする。きっとピー子ちゃんと同じように夜店で買われたひよこがデカくなりすぎて、近所の苦情に抵抗できなくなった飼い主が、山に行くついでに捨てたのだと思う。そしてかわいそうにそんなニワトリは、野犬やネコに食われているのだ。

それぐらいだったらちゃんとバラしてスープをとって、みんなでうまいうまいと食べてあげたほうが、まだニワトリにとっても幸せだと思う。

ボクは今度、山に行く途中、新興住宅地を通ることがあったら、ちょっと寄って呼びかけてみようと思っている。

「ご近所迷惑で困っているニワトリはいませんか——っ。山で幸せにしてあげますよ——っ」

海老フライの旦那と大盛りの旦那　ほか

茂出木心護《もでぎしんご》

海老フライの旦那と大盛りの旦那

毎週、火曜日と金曜日の開店（十一時）十分前にいらっしゃるお客さまは、決まって海老フライをご注文なさいます。近ごろは、あたしどもも心得て、お客さまが黙ってすわられても海老フライをお出しするようになりました。

あるとき、

「月曜日から土曜日まで、召し上がるものが決まっておられるんですか」

とうかがいましたら、

「月曜日はうなぎ、火曜日は海老フライ、水曜日は日本そば、木曜日はうなぎ、金曜日は海老フライ、土曜日はお寿司屋で日本酒二本に鉄火巻き。これを三年続けている」

とよどみなくお答えになりました。店では、「海老フライの旦那」と申し上げております。

月曜日から土曜日まで、毎日いらっしゃるお客さまは、カレーライスと小さいラーメンを必ずご注文なさいます。ただ、カレーライスにつく福神づけはおきらいです。もう五年ほどお見えになりますが、時間は午後二時ごろ、店がちょっとすいたときで、腰かける場所も決まっておられます。

五年のあいだにはいささか変化もあり、以前は食欲旺盛でカレーライスの大盛りでしたが、最近は普通のを召し上がっておられます。あたしどもは食欲の盛んなころをなつかしみ、今でも「大盛りの旦那」とお呼びしております。

そのほか、お昼の食事のときに必ず小さいビールをお飲みになるかたや、「決まったテーブルでないと食べた気がしないから、いちばんすいたときに来るのだ」とおっしゃって、夕方四時ごろお見えになり、ビールとタンシチューか活車《いけ》海老フライを召し上がるお客さまもございます。

店の一階の食堂では、お昼のこむ時間、ある程度下ごしらえをして、ご注文の品をすぐ出せるようになっております。が、二階の一品料理となりますと、初手からかかりますので、多少お待ちを願うことになります。

オニオンスープと海老フライの注文を受けたときのことでした。オニオンスープは一度温め、器にスープを入れ、チーズをのせて天火に入れ、チーズに焼け色がついてからお出しするもので、時間がかかります。

といって、スープより先に海老フライは出せません。「ほかに海老フライが出ているのに、どうして私にだけ来ないんだ」とお客さまに催促され、あたしもなんとお答えしてよいか困ってしまい、オニオンスープの作り方でもご説明しようかと考えたところへ、スープが運ばれてきたときには、危機一髪といった感じで、ほっといたしました。

またあるときは、とんかつを半分くらい召し上がったお客さまが、「おやじさん」とあたしを呼びます。テーブルにまいりまして、とんかつを見ますと、火は通っておりますが、ちょいとピンク色なのです。

「申し訳ありません。さっそく代わりを揚げさせます」と頭をさげましたら、「弟子が急いだね」

お客さまのこの一言には、わきの下から汗の流れる思いがいたしました。

塩加減ほど料理人が苦労するものはありません

昔は、天火から出したてのなべやフライパンには、柄のところやふたに塩をのっけて料理場の流しに出したもんです。さわると熱いぞ、という警告であり、心づかいでした。

最近は、この美風も失われ、あたしなぞ知らずに握って、

「誰だ、こんな熱いものを流しに入れて」

となることもしばしばです。細かい気のくばり方があってこそ、よい料理ができるのだと腹立たしくなります。

塩にはすべり止めの効果もあり、料理場に油がこぼれても、忙しいときにはふいてるひまもありませんから、塩をパッとふりかけておきます。これも料理人ならではの機転です。

塩は料理の味つけには欠かせないもので、それだけに使い方もむずかしいものです。料理人にはふた色あるようで、塩味は内輪めにもっていき、甘かったらお客さまがたせるから、と指導しているコックさんもいるようですし、反対に、塩味は自分の最高

の味のところまで目いっぱいもっていけ、という人もいます。甘すぎても困るし、塩辛すぎてはもっと困るわけで、料理はあくまでもお客さまに食べていただくものだけに、料理人にとっては、そのあたりの兼ね合いがなかなか微妙なもんなんです。

昔、戦争中に塩の代わりに岩塩というのが配給になって、これはつぶして使うわけなんですが、最初はいい味だと思って使っていても、煮ているうちに、どんどん塩辛くなってしまい、どうにもならなかったという思い出があります。このごろはどこの店でも粗塩《あらじお》を使っていますが、食卓塩というのは、岩塩と同じように、だんだんと辛くなっていくような気がします。

お二人でいらっしゃったお客さまが、ご自分の料理やご飯に塩をふりかけ、相手のかたのにもふりかけるのをよく見うけます。が、味の好みは人それぞれ、ひと口召し上がってから、塩をふっていただきたいと思います。

十五年前食べた、パリのビスキュ・ド・オマールというえびのスープは、皿の中には一片のえびもないのに、吸った折のえびの香りと味に魅せられました。二年前、団体でロンドンに行ったとき、このスープを皆さんに吹聴し、「商売人が言うのだからまちがいない」と賛成してもらい、全員が注文しました。

ところが、スープはとても塩辛くて日本人の口に合いません。あわてたあたしは、ボーイさんに必死のゼスチュアで塩の入りすぎていることを知らせました。取り替えてくれましたが、前よりいくらかよい程度で、満足する味ではなく、恥をかきました。自分で先に食べてからすすめる心づかいがたりなかった、と昔のフライパンの塩のことが思い出されてなりませんでした。

皿に残った料理を見るのは料理人にはつらいもんです

コック生活五十年。いつの間にか、お客さまに出す料理を見るのと、さがってきた皿を片づける役になってしまいました。今では、音やコックの動きで、うまくいっているかどうか、つかめるようになりました。トンカツは適温で揚げていれば音がしないもんですし、ビーフステーキは強火でないとシャーッという音がしません。

さがってきた皿にコンソメスープが半分も残っています。色も香りもいいのにどうしたんだろうと係の者にきいたら、ビールを飲んでおられるあいだにさめてしまったので「もうさげていい」との話。ちょっとがっかりしました。

コックにとって、残りものはいちばん気がかりなもので、どうして残ったのか、おいしくなかったからか、それとも食べきれなかったのかと、気をつかうもんなんです。

平目のムニエルがさがってきます。つけ合わせも全部召し上がっているのに、えんがわ（身とひれとの間の肉）だけ残っています。えんがわは取れやすく、つけたままで焼くのはなかなか技術がいるもんです。お寿司屋さんでは相当顔がきかないと食べられないえんがわを、どうして残したのか、恨めしくなります。

オックステールシチューは、煮こごりのようにとろりとした皮の部分がいちばんおいしいのに、そこを残すかたがいらっしゃいます。皮を残すくらいなら、どうして注文したのかと言いたくなることもしばしばです。

つらつら考えるに、食べ方をご存じなくていちばんおいしいところを残してしまうかたがいらっしゃるのではないでしょうか。魚にしても、昔は、目のまわりがおいしいんだとか、煮魚は残った骨に湯をかけて骨汁にしてしゃぶるとか、年寄りがあれこれ教えてくれたもんでした。こうした天下の美風は、いまや失われてしまったのでしょうか。もっとも、魚屋に行っても、骨のない魚が喜ばれる時代、切り身ばかりが幅をきかせる時代なんですから、しかたがないのかもしれません。

ビーフシチューはつけ合わせの温野菜がすっかり残っています。シチューといっしょに召し上がってくだされば、味も倍加するのです。ただ、ご年配のお客さまがご飯を少なめに、とピラフをご注文になって、残ってくるのは、これは若いコックが自分の食べる量を基準にしたからでしょう。生野菜のご注文でトマトとアスパラが残っているのは、きっとおきらいなのでしょう。

なにも残っていない皿がさがってきたとき、はじめてほっといたします。

ご病人からのご注文には職人冥加《みょうが》を感じます

入院されたお客さまから、ポタージュスープのご注文がありました。お気に召してお代わりを取りにこられたかたが、「病人の希望ですから、生クリームは入れないでください」と念を押されました。あたしとしてははじめてお作りするとき、寝ておられるので、あまりしつこくてもと思い、はじめから入れてなかったのです。「コンソメではいかがですか」とおうかがいしましたが、やはりポタージュとおっしゃるので、あっさり作るのに苦労したことがあります。

口の悪いお客さまが、のどを悪くされてご入院。塩、こしょうで味つけしないコンソメスープとのご注文がありました。お持ち帰りになったお使いが翌日お見えになり、

「おやじは『おれののどの悪いのを知っていながら、茂出木はこしょうを入れたに違いない』と申しました」

とおっしゃるのです。

ご病人のことゆえ、それは気をつかい、栄養をつけて一日も早くよくなっていただこうと牛肉、ガラ、野菜、卵白を一番スープとこねて、煮立つまでかき混ぜ、あくをひいた本格的スープを差し上げたのですから、このときはあたしもまいりました。

さてそれでは、きっとこくがありすぎたのだからと、今度はご病人ののどの具合まで気をくばり、普通にとったスープをお持ち帰り願ったら、お気に入られたということでした。本格スープは味が濃いせいで、のどにしみたのでしょう。むずかしいものです。

店に四十三年間も来てくださっているお客さまが入院され、牛ヒレ肉のよいところで、ハンバーグをとのご注文がありました。電動式のひき肉機では、二人前以上でないとかかりませんし、職人気質《かたぎ》として、そんなよいところをひき肉にはできないものです。

素人にはわからないんだから、どの部分の肉でもよいではないか、とお考えになるかもしれませんが、それは良心が許しません。一世一代の仕事と思って作りました。

特別料理のお代をちょうだいすればよい、とおっしゃったかたもございましたが、品物がハンバーグでは、いただけないものです。

式場隆三郎さんがご病気の折、メロンのシャーベットをとのご注文があり、メロンの熟れたのからジュースをとりましたが、なかなか汁が出ず、あのときは苦心しました。昔風とおっしゃったので、茶筒に汁を入れ、まわりに氷を詰め、若い者が交代でぐるぐる回してこしらえました。たいそう喜ばれて、再三ご注文のあったことを覚えております。

食べものが唯一のお楽しみの入院生活中、あたしの店を思い出されて注文してくださることに、職人冥加を感じております。

茹玉子

水野正夫

玉子好きを錯覚して、妙な物を呉れる人がいる。

あの玉子を正方形にしてしまう道具である。

勿論生玉子では出来ないから、茹玉子、茹立ての皮を剝いて、暖かいうちにその箱の中へ押し込め、上からこれも附属のプレス式の蓋を締めつけて置くと、あーら不思議、真四角な茹玉子が出来上る。

丁度大きめのサイコロになる。

よくこれで子供達をだましたものだが、中には、どうして黄身が四角じゃないの、と云われて答に詰まった事もある。

玉子は好き、と云うよりも、玉子のあの何とも動かし難い姿が好きな訳だが、それでも今迄、随分玉子のお世話にはなってきた。

イタリーの田舎を汽車で旅していると、途中の駅で売っている駅弁の茹玉子。駅弁とは云ってもこちらは折詰になった幕内弁当ではない。手の付いた茶紙の袋に、いろいろな材料が入っている。パンの一切れ、チーズ少々、ワインの小びん、果物一個、リンゴが多い。それにこの茹玉子、そうそうハムが一切れ位も。

こういう材料をアレンジして各々が好きなようにして食べる訳だが、その中でも茹玉子だけは子供の頃、そして成人してからも、日本で食べたものとそっくり同じで、三年許りのヨーロッパ暮しの中で、そしてこのイタリーの旅で、そぞろ日本への郷愁を味わったものである。

茹玉子は、そう云えば、どこで食べても同じ味。今のように物の味が不味くなったと云われても、例えば鶏の味がこれ程違うようになっても、玉子は、特に茹玉子の味はそうは違わないと思うがどうだろう。

この頃では弁当用として、茹玉子の羊羹？　も出来ているという。というのは、普通の茹玉子、これは輪切りにすると、真中はいいが、前後の所は必然的に小さくなり、黄身も無い。そこでどこで切っても同じ型を取る為に、芯を黄身にした白身包みの羊羹が出来上ったのである。

その茄玉子、これ以上の味はないと思って食べた事がある。

今想い出しても、あれ位鮮烈なおもいで茄玉子を食べた事はない。

あの大東亜戦争の真最中、私の生家、名古屋の熱田《あつた》もB29の猛爆を受けた。

その頃私は東京外語の学生。東京も危なくなったので帰郷中、その時我家も丸焼け。

商家だった大きな家を、兄と二人で最後迄守りつづけたが、あの猛火には如何ともしがたく、表は兄に任せ、私は誰も居ないガランとした家の中へ戻った。

誰も立ち働いていない台所の土間は、妙に広さを感じた。

そして人の居るように全ての物がそのままだった。

あの猛火の最中、冷静に辺りを見渡して、さてどうしようかと考えた。このままこの家が焼けたら、寝る事、当座食べる事……。

先ず家中のふとんを持ち出して井戸の中へ放り込んだ。

その井戸は勿論手押しだが、内側が二重になっていて、水のある所は金網でカバーしてあり、その囲りはぐるっと空地のようになっていた。

とにかく、その所へふとんを投げ入れた。

さてと、今度は食糧、開きになった押入れを開けるとあるわあるわ、その日に田舎から届いた米が大きな米櫃に一杯。そしてこれは、大ざるに山盛りの玉子、優に百個はあったと思う。

自転車を持って来て、米櫃を荷台にくくりつけたが、玉子はどうにも持てなくなった。

井戸を覗いたが、これだけの玉子を放り込んだら、これはいくらふとんの上でも割れるのは理の当然。

さてどうしよう、と、庇に火の付いた土間に立って考えた。

その時井戸の前の大きな水瓶が目に入った。人間が二人位は入れそうな水瓶は、何時も井戸から水を汲み入れては使っていた。

ざるごと持って当《あて》がってみたら、入る。よし、とばかりにそのまま手を離した。ざぶーッ、という気持のよい音を立て、玉子百個は瓶の中へ、そして屋根の焼け落ちそうな気配の家を後にして一目散に自転車に乗って逃れ出た。

その翌朝。

煙でしょぼしょぼした赤い目で、家中のものが何もない、見違えるように何もない我家へ戻って来た。

生れてから初めて見る、我家の広さ。思ったより狭い我家の跡であった。

そこで見た異様なもの。囲りの煤けた、煙ったい、余燼《よじん》の残った辺り一帯等しく汚れた中に、一際美しく白い大きな塊が目に入った。

ざるに積み上げられた、見事な茹玉子がひとつも壊れる事もなく、ピラミッド状に聳えていた。

水瓶の囲りはきれいに割れて、残った底だけが具合よく、蒸器のような具合にざるを支えていた。

近所の人も誰かれとなく、この異様な玉子の塔に近づいて来た。

触ったら、ほんと、今茹で上げたように、熱い玉子の殻の感触があった。

美味かった。

一晩中ほっつき歩いた末にありついた、初めての食べもの。

父が云った。

「そりゃそうだろう。家一軒焼いて茹でた玉子だもの、美味くない訳はないよ」

かつおぶし削り器／そうめんの季節

宮尾登美子

かつおぶし削り器

ダシをとるのに、いま、パックの削りぶしを使うことはあっても、削り器でいちいち削るというひとはめったといないのではあるまいか。粉末や顆粒や液体の簡便なダシの素ができてからというもの、舌は味濃いほうに馴れてしまって、もしかつおぶしでダシをとるなら、見れば卒倒するくらいの多量のものを使わなければ美味とはいえないし、それほどの量を手で削るのは大へんなことだからである。

以下、かつおぶしとはいわずかつぶし、削るとはいわず我々昔どおりの搔く、といわせて頂くと、もはやかつぶしを搔くなどという家事の一手間は現代の生活からは閉め出されつつある。

私などかつぶしの本場、土佐の生まれだからやはりダシはかつぶしに限るし、それも、何か混ぜてあるかも知れないパックよりは、自分の手で掻くほうがいまだに好きである。

朝はパンだから、亭主を起こすのにかつぶしを掻く音を以てする、なんてことはできないが、そのかわり夜の食事にはたっぷりと掻いてダシをとり、かつぶしのプンプンする汁を作るのはとても楽しい。

余談だけれど、かつぶしの起源は土佐市宇佐で、なかでもかめぶしは宮尾《みやお》亀蔵《かめぞう》というひとの考案だそうである。

宮尾はその宇佐の出だが、べつに亀蔵の子孫とはいわなくてもやはりかつぶしを格別のひいきにしており、ずっと我が家の台所にかつぶしの姿を切らしたことはない。

さて、その掻くについては、よほど工夫しながら掻いても、最後にしっぽのほうがどうしても残ってしまう。

戸棚を開けると、この小さなしっぽがごろごろしており、捨てるのももったいないし、何か利用する方法はないものかと、もう十年来ずっと料理本などさがしてみたが、

「金槌で小さくだき、気長く煮込めばダシは十分に出る」などの、あまり気の乗らないような記事にたまに出会うだけ、終わりまで掻く工夫というのはどこにも書いてない。

十年、というのは、その前、高知に住んでいた頃はしっぽをまとめて袋に入れ、近くの削りぶし屋へ持っていくと、目の前でガーッと電動機で掻いてくれ、あとをもとどめず皆削りぶしとなってしまい、私を十分満足させてくれたものだったからである。東京へ移ってのちも、土佐へ帰るとき必ずしっぽを持って行っていたが、ここ十年、かつぶし屋は分業になってしまい、市中の店は製品を並べて売るだけで、削り器などおかなくなってしまった。

さてそうなるとしっぽはたまるばかり、かたがた私も老来体力は著しく落ち、かつぶしを掻くと肩凝りがひどくなる上に、一日字を書き疲れていて、この上右腕を使いたくない思いが強い。

しかし、あのえぐい味のインスタントの粉をふりかけたダシでは胃袋が承知せず、そこで考えたのは、電気かつぶし削りはないかということだった。

家事の電化は主婦を重労働から解放してくれ、洗濯機掃除機ミキサーのたぐいはたしかに革命的だったが、ならこのしんどいかつぶし削り器を電気メーカーが開発していないはずはない、と確信して出入りの電機屋さんに頼んであったところ、ほど経て「ありました」と届けてくれたのは大手メーカーの製品で二万四千円。

このところ手動の削り器は年々小さなかたちになるばかりなので、これも定めしコンパクトなものかと思っていたら、ティッシュペーパーの箱を五、六個並べて積み上げたほどのかさがある。

三千円前後の電動ゴマすり器を大いに重宝している私にとって、これは意外に高い値段だし、かつ置き場所にも困る大きさだな、と一瞬ひるんだが、しかしこれによってかつぶしのしっぽの始末がつくのと、右腕の酷使から逃れられる喜びで大枚を支払ってさっそく我が家の道具とした。

さて勇躍、新しいかめぶしをおろして穴にさしこみ、スイッチを入れてみると、小気味よい音がしてみるみるうちに下の容器にカールしたかつぶしがたまるのを見て、私は手を叩いて喜んだ。

が、喜びはそこまでで、電気は入っていて刃は廻っているのに、かつぶしは一向に出てこないのである。

あわてて説明書を読むと、それもそのはず、穴にさし込んだかつぶしは蓋でおさえつけながら刃にあてるようになっており、その蓋にかつぶしの背が届かなくなったら削ることはできない構造になっているのだった。

電気を止めてかつぶしを引き出してみると、すがたの半分までしか削っておらず、これならしっぽどころか、小さめのかつぶしならこの機械にはかからぬことになる。おまけにおまけに、容器に溜まったかつぶしを見ると何と厚いこと、口に入れると、あの溶けるような当たりではなくて、肉片でも噛むようにかたいのである。

これではダシをとるのに煮出さなければならないし、煮出していると独特の香りは失せてしまう。また厚ければつけものなどにふりかけることはできないので、泣きたくなる思いでもう一度説明書を読むと、

「薄く削りたければ替刃をお求め下さい」

とちゃんと書いてあった。

つまりこの機械は、新しいかつぶしを半分だけ削ってあとは捨ててしまってよろしい、部厚く削ってかつぶしも煮物と同じように使ってよろしい、それから、生乾きのかつぶしは刃にくっついて使えないので、上等のほんぶしの、からからに乾いたものだけを使えばよろしい、というひとたちのためだけに開発されたもの、と考えるべきで、私のようにしっぽの先まで食べたいというけちな了簡の人間には向いていないということを知らされたのだった。

それにしても家電のメーカーは、かつぶしにはかびつき本ぶしの他にも、半生《はんなま》の新ぶし、パックの生ぶし、味噌づけの生ぶし他に大小さまざまの種類があることをご存知ないらしい。

逆にいえば、いまどきこんな機械なんかまるで需要がないわけで、洗濯機やテレビならば研究陣を揃え、日進月歩の開発を怠らなくても、たかがかつぶし削り器ではまことに幼稚な構造のままで売り出すのも無理ないところがある。

ま、いまどき一本千円前後のかつぶしをダシに取るのはとても贅沢だし、手間まで考えるととほうもなく高いものになるが、それにしてもふしぎなのは世の殿方のこと。おふくろの味、おふくろの味、と目のいろ変えてイモの煮ころがしやひじきの煮物を食べたがるのに、おふくろ手掻きのかつぶしプンプンのお汁は欲しくないのだろうか。需要が多ければメーカーもどんどん改良してゆくはずだと思えるので。

そうめんの季節

毎年毎年、初夏になると必ずそうめんの話を書いてきて、今年はもう書くことはない、と思っても、何故かふしぎなファイトが湧いて、書いておかなければ季節が逃げていってしまうような感じがある。

実は何もそうめんに限らず、私のめんきちは自分でもほとほと呆れ返るくらいだが、全めん類のなかでもそうめんほど季節感と一体になっているものはないだけに、やっぱり夏、めん類、とくればそうめんにとどめをさす。

夏、とはいっても、のどの渇きはじめる四月半ば頃から私のそうめんはもう始まっており、四月から九月いっぱい、昼食は必ずこれ、だからこの期間は旅行にも出たくない。

で、ただいま食しているものは、昨日届いた三河の長そうめんで、ときどき浮気をして手を出すのは秋田の稲庭うどんである。

稲庭うどんは、もう三年ほど前になるかな、銀座の近藤書店の社長と食べものの話をしていて、これを紹介して下さり、ほど経て送って下さった。

これを初めて食べたときの驚きは忘れられないが、続いて女優の浅利《あさり》香津代《かづよ》さんが同じものを送って下さり、それからもう病みつきとなって、手軽に買える店を捜していたところ、お隣、成城学園前駅前のスーパーにあった。

三河のほうは、確か最初は愛知県の読者の方が送って下さったものと記憶しているが、その記憶があいまいになっているほど古くからこれに馴染んでいる。

これは生のままで、長く長くすごく長く、切って茹でることを知らなかった頃は、椅子の上に立ち上がって箸ですくってもまだ切れない長さにびっくり、全くバカの長《ちょう》松《まつ》そのままだった。

三河には業者がたくさんあって、その家々で味に大差があり、いまは一軒の店におちついて、ここは前金でなければ絶対に送らないという方針なのを、ことしから後払いで送ってくれる約束をとりつけた。

実は、一束三百二十円、送料なにがし、というのを計算していると頭痛がするし、さき頃えいっ、と思って封筒に一万円を入れ、これで買えるだけお願いします、とメモを添えて出したところ、天網恢々《てんもうかいかい》疎にして漏らさず、郵政省のオジサンはこんな不法郵便は配達してくれなかった。

いくら待っても品物がこないため、三河の店に電話したところ、受け取っていないとのこと、どこへ紛れこんでしまったのか、郵便局を詰問することもかなわず、一万円札封入の手紙は杳《よう》として行方しれずになってしまったのである。やんぬるかなで、つゆは専らさらしなのカンヅメ。

これもあちこち試行錯誤の果て、スーパーにあるので手に入れやすいこと、市販のつゆのなかではいちばん甘くないことの二条件で妥協して、満足度からいえば八分どおりというところ。

最高のものといえば手作りにこしたことはなく、利尻の昆布に木干しのドンコのつけ汁、土佐のカビつき本節、身代限りすると思うばかりたくさんかいて、しょうゆはタツノの淡口、みりんは少量、というダシならうれしいが、これはまあ一年に一度くらいしかできないぜいたくである。

関東一帯では、冷やしそうめんもそばと同じくつけ汁にして食べるが、私はこれはゼッタイいやで、かけ汁に泳がせてないと食欲はおこらぬ。

のせる具についても、タマゴ、しいたけ、えびのたぐいは邪道で、青ゆずのおろしたのだけで食べるのがいちばんよろしい。

だから、四月頃からそうめんに入れあげる私としては、八月末ごろから出まわる青ゆずを早く手に入れるのに毎年瘦せるほどの苦労をする。

そのために、地元「高知新聞」を隅から隅まで読んで、ゆずの名産地、安芸《あき》郡北川《きたがわ》村の「青ゆずの出荷はじまる」の記事を毎年待ち兼ねるのである。

やっと出荷がはじまっても、都会の市場へ大量に輸送する荷のなかで、一箱だけ個人の家へ届けてくれと頼むと、これは大へん高くつく。

それでも、東京の高級スーパーを捜し歩いてみつける一個四、五百円もする小粒のものと較べると、どっちがどっちともいえない値段だから思案に迷うところである。ただいまはまだ焦がれている青ゆずにはお目にかかれないので、わけぎの刻んだのにすりゴマで我慢しているが、やっぱりのどごしの感じがどことなく違うし、食後の充足感に青ゆずほどのものはない。

乾めんはこの頃、全国のあちこちで新顔のものが生まれているらしいが、やはり老舗のもの、揖保《いぼ》、三輪、小豆島など信用がおけるし、故郷土佐のとなり、徳島の半田そうめんなども私は合いの手にときどき口にしている。

で、夏のあいだ、つまりおよそ六カ月間、こういうふうにそうめんに操を立てとおし、一途にこれを昼めしばかりにしていると、どういうことに相成るかといえば、これは完全な栄養失調である。

栄養学的にいえば、そうめんのあとでは、必ずチーズを一切れ食べるとか、牛乳一本飲むとかの配慮が必要らしいが、せっかくのどごしのよいそうめんのあとでチーズや牛乳を摂るのは味覚ぶちこわしというもの、しばらくしてお茶とお菓子でも食べるのがせいぜいである。

もういく十年となく、こんな夏を送っているのだから、いまさら栄養失調でおどされてもそうめんを思い切るつもりはないし、今年はこのためにホテルも断念しようかと思ってさえいる。

電熱器とナベさえあれば茹でられないことはないが、洗面台のわきで調理するのは、すぐそばに便器もあることだし、キモチわるくてやっぱりイヤである。

散歩がてら近くの店にでかけても、今いったようにつけめんだし、いつの昔茹でたのかと思うくらいめんがノビてしまっていて、がっかりすることおびただしい。

そうめんの味は茹でたてであってこそで、私の友人など、一束ずつ茹でて家族の一人一人に供するという凝り性もいる。

夏は春に次いで好きな季節。子供の頃はひどい夏病みで、ために夏休みの早朝のラジオ体操など一回も参加できなかったほどだが、近年は冬という大敵の反対季節として夏が断然よくなった。老人になると夏に強くなるというが、してみると私も老人か。

もし奇特なひとがいて、私に昼めしをごちそうして下さろうというおつもりなら、どうぞ夏のあいだはご容赦下さいませ。

私はそうめんの顔を見ないでは一日もいられないほどの深い仲でございます故。

B級グルメ考

山田風太郎

文藝春秋刊の「B級グルメのこれが美味しい!」という文庫本を見ると、B級グルメとは、いわゆる五大丼と三大ライスのことで、五大丼とは天丼、うな丼、カツ丼、牛丼、親子丼を指し、三大ライスとはカレーライス、チキンライス、ハヤシライスを指すらしい。

私はこのほかに、麺類とかお惣菜などのなかにも、B級グルメにはいるものがあると思うが、要するに高級料亭とか高級レストランとかでは出さないが、庶民が好んで食べる食物をそう呼んでもいいと思う。

B級グルメといえば、戦後の闇市の屋台店などを思い出すが、何が材料だかエタイの知れない食物で、これは美食《グルメ》とは呼べないものかも知れない。

それよりB級グルメといえば、思い出すのはソウルの南大門市場だ。

韓国旅行をしたのは、昭和六十二年秋のことだが、私の日記に曰《いわ》く、

「実に驚くべき市場なり。迷路のごとき通り道の両側にあらゆる食料品――魚、干物、野菜、果物――それに豚の頭までが盛りあげられて、ケンカのような売り声が耳を聾《ろう》するばかり、雑然、紛然、混然、轟然《ごうぜん》たり。売る者も買う者もまるで乞食の大群のごとし。

その狭い通路のあちこち、やや広くなった辻に台や椅子を出し、酒飲む人あり、大鍋に煮たものを食う人あり。燃料はすべて煉炭にして、この煉炭を走って運ぶ女あり、もし火事を発すればいかなることになるや慄然とせざるを得ず、されど人々みな平然たり。

これぞ人間の生命の大渦、大噴火口と見ゆ」

私はこの市場のなかの居酒屋で、豚の頭でもつついてマッカリを飲みたくなった。旅行の都合がつけばそうしたかも知れない。

B級グルメの見本のような場所であったが、だいたい私はA級グルメの高級料亭などより、こんな場所のほうが居心地よく感じるのである。味だって、A級グルメよりB級グルメのほうがウマいのじゃないかと考えているくらいだ。

ところで右の五大丼、三大ライスからわかるように、どうやら日本では、飯の上に

何かかけたり、混ぜたりしたものはB級とされるらしい。

しかし同じ米食民族でも日本以外では、むしろそのような食べ方がふつうのようだ。

いま日本以外ではといったが、実は日本人もこんな食べ方が大好きで、外食する際は大半が麵類かこの五大丼、三大ライスの厄介になるのではないか。

そこで一歩すすめて、いっそ雑炊屋を作ったら、千客万来の繁昌をするだろうと思う。

雑炊といえば、私などしかし悲しい記憶がよみがえる。

いっとき日本には雑炊時代というものがあった。

「三越と伊勢丹の雑炊にならぶ。約一時間かかる」

昭和十九年六月某日の私の日記の一節である。敗戦の前年で当時私は二十二歳の学生であった。

場所は新宿で、デパートでは商品らしいものは何ひとつ売っておらず、ただ最上階に雑炊食堂があって、これに各階の階段を埋めて長蛇の列がつながっていた。

どこの雑炊に箸が立つか立たないかということが重大な話題で、いずれにせよ一軒だけではとうてい足らず、一軒の雑炊にありつくと、すぐに二軒目へかけつけなければならなかった。三越と伊勢丹と書いてあるのはそのためだ。

「三越はスラスラ行列が進行するのに、伊勢丹の方はなかなかうまくゆかない。十分間くらい停止していたりする。売る方の係が無能なのか設備が不足なのか、それに同じ二十銭でも三越の方がうまい。デパートも雑炊によって品評される時代になった」

いま思い出しても、古事記の「黄泉戸喫《よもつへぐい》」をやったような気がする。

こんな悲しい記憶は、あのときだけの悪夢としたい。雑炊には、高級料亭のA級グルメの総仕上げともなる値打ちがあるのである。

雑炊屋をひらくなら、私の構想では、雑炊は十種類くらいにして厳選し、それぞれ専門店ならではの味をそなえれば必ず成功すると思う。

雑炊とは兄弟のような食い物だが、汁かけ飯というやつも時々はウマいものだ。これはCクラスの食い物だとつつしむところもあるので、このごろはあまりやらないけれど、それでも味噌汁がホウボウとかカワハギなどの白身の魚をダシに使ったものだと、つい汁かけ飯にすることがある。鮭の酒粕汁を汁かけ飯にしたものもウマい。

酒粕汁といえば、映画の名匠小津安二郎も酒粕汁が大好物であった。小津は一種の美食家で、男の日記には珍らしく毎日の食事をわりに丹念に日記に残しているが、その昭和三十年の記録に、

［一月十七日］

夜、鮭粕汁をつくる。美味。

［一月二十二日］

朝、鮭粕汁を拵《こしら》える。美味。

［二月一日］

鮭粕汁にて夕めし。

などとある。厖大《ぼうだい》な日記をいいかげんにひらいて見かけたものだが、相当な頻度である。

小津が名作といわれる「東京物語」を送り出したのは昭和二十八年のことだから、昭和三十年といえばアブラの乗りきった盛りだが、独身であったはずの彼はみずから鮭の粕汁を作ったのだろうか。

ついでにいえば谷崎潤一郎も、黒砂糖を酒粕でくるんで焼いた「酒粕まんじゅう」が大好物であったという。材料から見るとBクラスの菓子に思えるが、ちょっと食べてみたい気がする。

さて、酒粕汁の汁かけ飯がウマいとは、右に書いた通りだが、それであるとき、それならはじめから粕汁の雑炊を作ったらさぞウマいだろうと思いついた。で、作らせてみた。

すると、これが全然ウマくない。ウマくないどころか泥のようなD級のしろものになってしまった。

次にこれは成功作の話。

わが家で愛用する料理に「チーズの肉トロ」と称するものがある。例のとろけるチーズを薄い牛肉で握りこぶしの半分くらいに包み、サラダ油で焼いたもので、これをナイフで切って食う。正しくは肉のチーズトロというべきだろうが、語呂の関係で「チーズの肉トロ」と呼んでいる。

材料は上等だが、二、三分でできる料理だし、高級レストランなどではまず出てこないだろうから、やっぱりB級グルメの一種といっていいかも知れない。

この料理のことをある随筆に書いてもう十年くらいたつのに、先日も一読者から、数年来「チーズの肉トロ」を食べつづけているがまだ飽きがこないという礼状がきた。

もう一つ、これもB級とはいえまいが、わが家独特の調理で、ビフテキを食うためにビフテキソースを使わず、すり下ろしたニンニクにちょっぴり醤油をたらして、これをビフテキになすりつけて食べる。客が来たときソースとこれとならべて出し、お好きなほうをというと、たいていの人がニンニク醤油のほうをえらぶようだ。

それから、昔、ワビ・サビの極致のような食い物をこころみたことがある。

丼鉢に醤油をいれ、味の素をふりかけ、それに輪切りにした生大根をいれる。そして数十分後に食べると、醤油味と大根のホノ辛さがまじり合って実に好適な酒のサカナにも飯のおかずにもなるというのである。

昭和二十年代のことで、これを私は新聞か雑誌の随筆で読んだのだが、「フーム、これは案外イケるかも知れんぞ」と手を打った。何しろ書き手が書き手である。永井龍男氏なのである。

永井龍男氏はすでに歯切れのいい短篇や洒脱な俳句の名手として令名のある人であった。その人が推賞するのだからと、早速私はこれをこころみた。

が、これはあまりウマくなかった。大根の一夜漬けに劣ること数等である。

内田百閒先生が酒のサカナに珍重されていたものにオカラがある。酒のサカナならいいが、これを山盛りにして、レモンをふりかけ、それだけで真夜中から朝までシャムパン(百閒先生の表記法)をかたむけていられたとは、人の味覚をはたから云々してもはじまらないが、常識的にはどう見てもB級いやC級のサカナといわざるを得ない。

今はどうだか知らないが、昔の作家は文豪といえども貧寒きわまる食事をしていたようだ。

グルメの大王谷崎潤一郎、食いしん坊の小島政二郎、みずから包丁をとった檀一雄など数人をのぞいて、一般に作家は粗食の人が多かったようだ。

茄子の味噌汁、茄子の煮物焼物、茄子の漬物と、茄子ずくめで満足していたという森鷗外の食卓、毎晩一汁一菜で、その一菜も余れば翌日娘たちの通学の弁当のおかずにしたという夏目漱石の食卓の例もある。ああ、常人ばなれした大食の正岡子規があるが、あれは迫りくる死に抵抗する狂い食いともいうべきもので、しかもその献立を見るとB級グルメの見本のようだ。

永井荷風に至っては、晩年庭先の七輪に土鍋をかけ、何の雑炊かエタイの知れないものを箸でかきまわして食っていたという。

あまりB級グルメ礼讃論をやっていると、そのうちこちらも荷風先生のようになってしまうかも知れない。

お不動様とマヨネーズ

佐藤愛子

七年ばかり前のこと、ある霊能者から「佐藤さんは不動明王《ふどうみようおう》が守っておられます」といわれて以来、私はお不動様を信仰している。

いうまでもなく、お不動さまは我々の目には見えない。従って「守っておられます」といわれた時に、それをすぐに信じる人もいれば信じない人もいる。すぐに信じて忽ち信者になったりする者は「単細胞」だと笑われるのが今の世である。目に見えないものをなぜ信じることが出来るのか、何を根拠にそれを信じるのかと嘲笑的にいう人が多いが、私は「それは有難い」とすぐに信じた。

年をとるに従って人は用心深くなり、疑い深くなるというが、私はその反対で（もっとも若い時分から不用心ですぐに人を信じては欺される人間ではあったが）、老来ますますその傾向が強くなって、すべてを無心に受け容れようと意志するようにさえなっている。

こいつは疑わしいな、眉ツバだと思うことはそれはある。しかしそう思いながらも、信じたいという気持の強さの方が勝って、その結果、

「どうもこいつはハナからくさいと思ってたのよ」

とぼやくことになったりするのだが、それでも信じたいという気持を捨てることが出来ない。だから、「お不動さまが守って下さっている」ことを私は忽ち固く信じたのである。

ところで三月に入ってはじめての日曜日、私はふと、

「そうだ、マヨネーズを作ろう！」

と思い立った。私はマヨネーズ作りの名人であると、かねてより自負している。ほかに自慢料理といえるものはないが、マヨネーズだけはおいしいと誰もが褒めてくれるのだ。娘は電動式の攪拌機を使っているが、私はそのようなものは使わない。あくまで我が手で泡立器をあやつるのである。

更に自慢させていただくと、それが実に早い。五分とかからない。どうしてそんなに早くやれるの、と人はいうが、

「要するに気魄《きはく》の問題」

と私は答えることにしている。泡立器をあやつるのは、強く、手早くしなければならない。のたのたしていると油くさくなっておいしくない（と私は自分勝手に思いこんでいる）。

話が前後するが、マヨネーズの作り方は、洋ガラシ、卵黄、砂糖、塩に酢を少量入れて混ぜ、そこへサラダオイルを糸状に注ぎながら攪拌し、かたくなると酢を加えてゆるめてからまた油を注ぎ、またかたくなると酢を加えてゆるめ、そのくり返しによって量が増えて出来上っていくものである。

さてその日、私は卵黄三個分でマヨネーズを作りはじめた。卵黄三個分の時は洋ガラシはスプーン三杯、塩、砂糖も三杯ずつ、サラダ油も三カップである。酢は「適量」で、ここがむずかしいところなのだ。何杯とか何カップとかはいえない。泡立器をあやつる時の感触の問題なのである。

電動式攪拌機なんかを使っていたら、酢をいつ、どの程度入れればいいか、見当がつかないではないか。時をかまわず、料理の本に書いてある分量をドバーッと入れるから微妙な味のマヨネーズが作れないのだ……と、えらそうに講釈しながら作りはじめた。

と、どうしたことか！

なぜか酢と油が分離してくるのである。しかしそれくらいのことでは私は慌てない。今までにも若い家事手伝いに作らせると、よく分離したものだ。仕方なく私が別に新しく作りはじめ、そこに分離したドロドロを少しずつ入れていくと、うまい具合に混り合って失敗作が救われる。

「どう！　ざっとこんなもんよ！」

この腕前、見よとばかりに鼻をうごめかしたものだ。

そんな経験を何度もしているので、私は悠然と別のボールに新しく材料を整えてやりはじめた。

ところがどうだろう、またしても分離してくるのである。

「おかしいなァ」

といいながら、また更に新しく作りはじめた。だが、また分離する。

「いったいこれは……」

と私は分離したマヨネーズの三つのボールを前に考え込んだ。何か忘れたことがあるにちがいない。洋ガラシ、卵黄、塩、砂糖……とひとつひとつ確認する。私は四十年前からマヨネーズ作りの名人とうたわれてきた身だ。一月前にも作ったばかりである。いったい、何がいけないのか？

私は慌てて四十五年前から大事にしている料理「虎の巻」を開いた。ついに頭がボケたかと心細くなったのである。しかし何度読み直しても間違ってはいない。原因はどうしてもわからない。

ついに私は娘を呼んだ。娘は分離した三つのボールの中を見て、

「なにやってんのよう！」

鬼の首でも取ったようにえらそうにいい、例の電動攪拌機を出してくると、新しく玉子を割って作りはじめた。

ところがまた分離！

私と娘は無言のまま顔を見合せ、私はどっと疲れが出て傍の椅子にくずおれる。娘は買物籠を持って出て行った。玉子を買いに行ったのである。買ってきた玉子でまた作りはじめた。だがまた分離。今度はもしや酢が古くなっているのでは、と酢を買いに行く。また分離。今度は油を新しくする。ついでに洋ガラシも買い直す。

親娘して十個の玉子を費し、そのいずれもが分離している。もう諦めよう、今日は日が悪いにちがいない、といいながらも台所に並んでいるボールの数を見ると、ムラムラと闘争心が湧いてきて、また玉子を割り出す。夕飯を食べる気もしない。いつかとっぷり日は暮れて、夕食時になっているのである。

「よしッ、最後にもう一度、挑戦しよう！」

私はそういって、両手を合せた。

「南無大日大聖不動明王、なにとぞマヨネーズ作りをば、成就させ給え」

三度大声で唱え、新しい手拭いでハチマキをして作りはじめた。

と、なんと！　今度は分離せずに、ねっとりと調子よくかたまっていくではないか！

欣喜雀躍《きんきじやくやく》。さっきからの分離したドロドロを少しずつ加え、サラダオイルで増やして行けば、ああなんと家にあるだけの大ガラス瓶に六本！　流しは玉子の殻の山！

「お不動さまはやっぱり守って下さった！」

と私は感激したのであった。

マヨネーズが分離した理由はいまだにわからない。

私は愈々《いよいよ》お不動さまを信仰している。

ちくま文庫版あとがきに代えて

全力の人

――亡き母・高峰秀子に捧ぐ

斎藤明美

平成何年のことだったか、季節はいつだったのか、いずれも覚えていないが、本書が初めて光文社文庫として刊行されたのが平成十年の十一月だから、その年の夏頃か。当時、私は夕飯のお相伴にあずかるために、しばしば松山家を訪れていた。

その日も、高峰と少しでも長く一緒にいたい私は、言われた時間よりわざと三十分も早く行った。そして松山に玄関を開けてもらって、いつものように「駆けるんじゃない」という松山の声を後ろに聞きながら階段を駆け上がった。

「かあちゃん!」、またいつものように台所にいる高峰に飛びつこうとしたが、いなかった。

白い台所は静まり返り、蓋をした片手鍋だけが一つ、ガス台に置かれていた。

昼食が終わるとすぐに夕食の下ごしらえをして、私が松山家に着く夕方には、使ったボウルや包丁などは全て片づけられて調理台の上はまっさら。あとは電気釜にスイッチを入れ、鍋にかけた煮物に味付けをして、そして私の大好物の卵焼きを食事の途中で焼いてくれるだけになっている。

今思い返しても、見事な台所仕事だった。

「かあちゃんは？」

「寝室にいるだろ」

松山は答えて、書斎に上っていった。

そうか、いつもの読書か。

だがベッドの中で「赤ずきんちゃん」のお婆さんのように大きな枕を背もたれにして本を読んでいるはずの高峰の姿は、なかった。

「来たか」

特徴のある語尾を上げた言い方が寝室の奥から聞こえた。文机の前でこちらを振り向く高峰の笑顔が見えた。

読みかけた本に栞をして、立ちあがった。

これはいつもの趣味の読書ではなく、仕事で読んでいたのだな。私は思った。

机に向かっていたこともさることながら、その眼が、いつもとは違っていた。

〝強い眼〟をしている、と私は感じた。

「珍しいね、机に向かって本を読むなんて」

おずおずと私は言った。

それほど高峰は、峻とした仕事師の厳しさをその空気に漂わせていた。

それが台所に向かうにつれて和らいでいった。

「そこの、全部読むのよ」

台所まで来ると、向かいにある納戸を差して、高峰は言った。

見ると、大きめの段ボール箱に本が満杯だった。五十冊近くはありそうだ。

「え！　これ全部？」

驚いて、私は聞いた。

「うん。その中から選ぶの、本に載せる随筆を」

そして選んだのが、本書に収められている二十三編の随筆である。

次に私が松山家に夕食に招ばれた時には納戸の段ボールは出版社に返されて、なかったから、高峰は五十冊近い随筆集を少なくとも十日かからずに読み上げたはずだ。

何でもすぐにやる人だった。

誰かから贈り物が届けば、その日に礼状を書き、知人から手紙やハガキが来れば読んだ後すぐに返事を書き、原稿依頼にも「イエス」「ノー」を即答し、そしていったん受けたら、締め切りの何日も前に素晴らしい原稿をくれる人だった。

きっとこの二十三編を選んだ時も、編集者に指定された締め切り日よりずっと前に仕上げたはずである。

早く、上手く、最高の結果を出す人だった。

そして何よりも私が高峰を尊敬するのは、仕事の大きい小さいにかかわらず、全力を尽くすところだ。

どんな短い原稿でも談話でも、事前に提示されたテーマをしっかり理解して準備してくれた。

「高峰秀子編」。

ひどい場合は「編」に名前だけ貸す人がいる。実際、私はそんな人に遭った。そんないい加減なことをするなら、初めから断ればいいじゃないかと、腹が立ったことがある。

高峰秀子にとって、女優業も執筆業も、そして台所仕事も、掃除も、何もかも、同じなのだ。

自分が行う全てのことに対して、全力を尽くす。

それを当たり前のこととして淡々と、粛々と、八十六年間、実行した。

その高峰が編んだ本書を、果たして皆様はどのように読んでくださるのか――。

本書を生き返らせてくれた、ちくま文庫の鎌田理恵さんに感謝いたします。

平成二十五年十一月

（作家／松山善三・高峰秀子　養女）

●筆者略歴・出典

向田邦子（一九二九〜一九八一）

作家。東京生まれ。実践女子専門学校国文科卒。放送作家として人気を博す。代表作に『七人の孫』、『寺内貫太郎一家』、『阿修羅のごとく』等。'80年、初めての短編小説「花の名前」、「かわうそ」、「犬小屋」で第83回直木賞を受賞。著作に『父の詫び状』、『眠る盃』等がある。

＊「食らわんか」『夜中の薔薇』一九八四年一月〈講談社文庫〉講談社刊

沢木耕太郎（一九四七〜）

ノンフィクション作家。東京生まれ。横浜国立大学卒。'78年、『テロルの決算』で第10回大宅壮一ノンフィクション賞受賞。'81年、『一瞬の夏』で第1回新田次郎文学賞受賞。'86年、『深夜特急』で第5回日本冒険小説協会大賞特別賞受賞。

＊「仏陀のラーメン」『路上の視野』一九九三年十月文藝春秋刊

北野　武（一九四七〜）

タレント、映画監督。東京生まれ。明治大学中退後、コメディアンに。'73年から漫才ブームで爆発的人気をつかんだ。著作に『たけしくん、ハイ』ほか。映画監督としては『HANA―BI』でヴェネチア映画祭金獅子賞を受賞。

＊「食べることは排泄と同じ」『「食」の自叙伝』一九九七年四月〈文春文庫〉文藝春秋刊

幸田　文（一九〇四〜一九九〇）

作家。東京生まれ。父は文豪幸田露伴。露伴逝去後、『父―その死』、『こんなこと』等を出版。'55年、『流れる』で芸術院賞、新潮社文学賞受賞。『黒い裾』で読売文学賞受賞。著作はほかに『笛』、『おとうと』、『闘』等。没後、『木』、『台所のおと』等がある。

＊「台所育ち」『季節のかたみ』一九九六年六月〈講談社文庫〉講談社刊

池部　良（一九一八〜二〇一〇）

俳優、エッセイスト。立教大学英文科卒。'41年、東宝映画文芸部入社の後、俳優に転向、一世を風靡する。エッセイストとしては『そよ風ときにはつむじ風』で日本文芸大賞受賞。『風に吹かれて』、『風吹き鴉』ほか著書多数。

＊「天ぷらそば」『風、凪んでまた吹いて』一九九七年十一月〈講談社文庫〉講談社刊

井上ひさし（一九三四〜二〇一〇）
作家。山形県生まれ。上智大学仏語科卒。放送作家として活躍後、'72年、『道元の冒険』で第17回岸田戯曲賞、『手鎖心中』で第67回直木賞、'79年、『しみじみ日本・乃木大将』、『小林一茶』で第14回紀伊國屋演劇賞、'81年、『吉里吉里人』で第2回日本SF大賞、第33回読売文学賞を受賞。
＊「カキ氷とアイスクリーム」『家庭口論』一九七六年三月〈中公文庫〉中央公論社刊

中山千夏（一九四八〜）

作家。熊本県生まれ。麴町女子学園卒。八歳から演劇を始め、俳優、TVタレントとして活躍する。'80年から参議院議員を一期勤める。著書に『一語の辞典・おんな』、『新・からだノート』、『イザナミの伝言』など。
＊「おいしいものは恥ずかしい」『暮しの手帖　別冊ご馳走の手帖　94年版』暮しの手帖社刊

玉村豊男（一九四五〜）

エッセイスト、画家。東京生まれ。パリ大学言語学研究所に留学後、東京大学仏文科卒業。通訳、翻訳業の後、文筆業に。八年間の軽井沢生活を経て、'91年から長野県小県郡在住。エッセイスト、画家として活躍するかたわら「ヴィラデスト」を営む。著書多数。
＊「食は三代」『食いしんぼグラフィティー』一九八九年一月〈文春文庫〉文藝春秋刊

安野光雅（一九二六〜）

画家。島根県生まれ。山口師範学校卒。十年ほど教師生活の後、'68年に絵本『ふしぎなえ』を発表。以降、国際アンデルセン賞など国内外で受賞多数。著書に『街道をゆく』、『絵のまよい道』、対談『生きることはすごいこと』などがある。

＊「かいわれのみち」（「ストーン・ブレイン・サンド」）『エブリシング』一九八七年二月青土社刊

宇野千代（一八九七〜一九九六）

作家。山口県生まれ。岩国高女卒。'57年、『おはん』で野間文芸賞受賞。'71年、『幸福』その他により女流文学者賞受賞。日本芸術院会員。代表作『色ざんげ』、『生きて行く私』ほか、著書多数。

＊「私のカレー・ライス」『私の作ったお惣菜』一九九四年十二月〈集英社文庫〉集英社刊

川本三郎（一九四四〜）

評論家。東京生まれ。東京大学卒。「週刊朝日」「朝日ジャーナル」の記者を経て評論活動に入る。『都市の風景学』、『微熱都市』、『東京残影』、『シングル・デイズ』など多数の著書がある。『大正幻影』で'91年、サントリー学芸賞受賞。

＊「居酒屋の至福」『東京つれづれ草』一九九六年十二月三省堂刊

鄭　大聲（一九三三〜）

京都府生まれ。大阪市立大学大学院理学研究科修士課程修了。著書に『朝鮮食物誌』、『食文化の中の日本と朝鮮』ほかがある。

＊「箸文化と匙文化」『食文化入門』一九九五年四月講談社刊

石井好子（一九二二〜二〇一〇）

音楽家、エッセイスト。東京芸術大学声楽科を卒業後、'52年、パリでシャンソン歌手としてデビュー。石井音楽事務所を設立して著名な歌手を育てる一方、'63年、『巴里の空の下オムレツのにおいは流れる』で日本エッセイスト・クラブ賞を受賞。

＊「悲しいときにもおいしいスープ」『パリ仕込みお料理ノート』一九八三年五月〈文春文庫〉文藝春秋刊

秋山ちえ子（一九一七〜）

評論家。'38年、東京女高師（現・お茶の水女子大）卒。'48年よりラジオ、文筆の仕事を始める。ラジオ番組「秋山ちえ子の談話室」は四十五年間続いた。主な著書は『雨の日の手紙』、『われら人間コンサート』ほか多数。

＊「『ねこ弁』／無花果／秋山食堂」『春夏秋冬　女の食卓』一九八八年十一月海竜社刊

土井　勝（一九二一〜一九九五）
料理研究家。香川県生まれ。十四歳で料理研究の道に入り、'53年NHKテレビ『きょうの料理』の講師として出演。同年、大阪に関西割烹料理学院（後、土井勝料理学校）を設立。日本の家庭料理の普及に努める。著書は百冊を超える。
＊「グルメブーム／心と心の通じあう家庭」『ほんとうの味ほんとうの幸せ』一九九四年三月経済界刊

松山善三（一九二五〜）

シナリオライター、映画監督。兵庫県生まれ。岩手医学専門学校中退。『名もなく貧しく美しく』、『人間の条件』、『典子は、今』等の作品で、国内外の映画賞を多数受賞。紫綬褒章。著作に『誤診』、『厚田村』等がある。
＊「『クエ』を食う」全日空機内報「翼の王国」

沢村貞子（一九〇八〜一九九六）
女優、エッセイスト。東京生まれ。日本女子大在学中に築地小劇場に参加。'34年、日活入社。以降、名バイプレーヤーとして一家を成す。'77年、『私の浅草』で日本エッセイスト・クラブ賞を受賞。『わたしの茶の間』、『貝のうた』など著書多数。

＊「私のお弁当」『わたしの台所』一九九〇年九月〈朝日文庫〉朝日新聞社刊

林　政明（一九四七〜）

東京生まれ。山、渓流釣り、焚き火と酒を愛する「あやしい探検隊」の専属調理人。キャンプで行った先々で獲った食物を、天性のひらめきで調理し、メンバーに供することを日夜研究している。オリジナル・メニュー多数あり。

＊「ピー子ちゃんは山へ」『林さんチャーハンの秘密』一九九二年七月〈角川文庫〉角川書店刊

茂出木心護（一九一一〜一九七八）

料理人。東京生まれ。明治学院中等部を中退後、日本における洋食屋の草分け「泰明軒」に奉公。'31年、中央区に「泰明軒」を独立開業。戦後、日本橋に移り「たいめいけん」として現在に至る。著書に『洋食のこつ』、『洋食や』がある。

＊「海老フライの旦那と大盛りの旦那　ほか」『たいめいけんよもやま噺』一九七七年八月文化出版局刊

水野正夫（一九二八〜）

デザイナー、エッセイスト。名古屋市生まれ。東京外語大、武蔵野美術大、文化学院卒。ファッションデザイナーとして活躍のほか、文化女子大で客員教授も勤める。著書に『ミセスばんざい』、『伝えたい日本の美しいもの』、『着るということ』等。
＊「茹玉子」『'85年版ベスト・エッセイ集　人の匂ひ』一九八五年八月文藝春秋刊

宮尾登美子（一九二六〜）

作家。高知県生まれ。高知市高坂高等女学校卒。'62年、第5回女流新人賞を『連』にて受賞。'73年『櫂』で第9回太宰治賞、'78年、『一絃の琴』で第80回直木賞受賞。さらに'83年、『序の舞』で第17回吉川英治文学賞受賞。ほかに『朱夏』、『藏』、『花のきもの』、『女のこよみ』等。
＊「かつおぶし削り器／そうめんの季節」『手とぼしの記』一九八七年一月〈朝日文庫〉朝日新聞社刊

山田風太郎（一九二二〜二〇〇一）
作家。兵庫県生まれ。東京医科大学在学中に『眼中の悪魔』等で探偵作家クラブ賞受賞。『甲賀忍法帖』を始めとする〝忍法帖〟シリーズが'60年代に大ベストセラーになった。『幻燈辻馬車』、『人間臨終図鑑』など著書多数。
＊「B級グルメ考」『あと千回の晩飯』一九九七年四月朝日新聞社刊

佐藤愛子（一九二三〜）

作家。大阪市生まれ。甲南高等女学校卒。作家・佐藤紅緑を父に、詩人・サトウハチローを兄に持つ。'63年、『ソクラテスの妻』が芥川賞候補となり、'69年、『戦いすんで日が暮れて』で直木賞受賞。'79年、『幸福の絵』で女流文学賞を受賞。
＊「お不動様とマヨネーズ」『何がおかしい！』一九九一年四月〈角川文庫〉角川書店刊

ちくま文庫収録にあたり、著者および著作権者の方々の許諾を得ましたが、林政明様と連絡がとれません。本書をお読みの方でご関係の方がいらっしゃいましたら小社編集部あてにご連絡をお願いいたします。

本書は一九九八年一一月に、光文社知恵の森文庫より刊行されました。

新版 思考の整理学　外山滋比古

「東大・京大で1番読まれた本」で知られる〈知のバイブル〉の増補改訂版。2009年の東京大学での講義を新収録し読みやすい活字になりました。

質問力　齋藤孝

コミュニケーション上達の秘訣は質問力にあり！　これさえ磨けば、初対面の人からも深い話が引き出せる。話題の本の、待望の文庫化。（斎藤兆史）

整体入門　野口晴哉

日本の東洋医学を代表する著者による初心者向け野口整体のポイント。体の偏りを正す基本の「活元運動」から目的別の運動まで。（伊藤桂一）

命売ります　三島由紀夫

自殺に失敗し、「命売ります。お好きな目的にお使い下さい」という突飛な広告を出した男のもとに、現われたのは？（種村季弘）

こちらあみ子　今村夏子

あみ子の純粋な行動が周囲の人々を否応なく変えていく。第26回太宰治賞、第24回三島由紀夫賞受賞作。書き下ろし「チズさん」収録。（町田康／穂村弘）

ベルリンは晴れているか　深緑野分

終戦直後のベルリンで恩人の不審死を知ったアウグステは彼の甥に訃報を届けに陽気な泥棒と旅立つ。歴史ミステリの傑作が遂に文庫化！（酒寄進一）

向田邦子ベスト・エッセイ　向田邦子　向田和子編

いまも人々に読み継がれている向田邦子。その随筆の中から、家族、食、生き物、こだわりの品、旅、仕事、私……、といったテーマで選ぶ。（角田光代）

倚りかからず　茨木のり子

もはや／いかなる権威にも倚りかかりたくはない……話題の単行本に3篇の詩を加え、高瀬省三氏の絵を添えて贈る決定版詩集。（山根基世）

るきさん　高野文子

のんびりしていてマイペース、だけどどっかヘンテコな、るきさんの日常生活って？　独特な色使いが光るオールカラー。ポケットに一冊どうぞ。

劇画 ヒットラー　水木しげる

ドイツ民衆を熱狂させた独裁者アドルフ・ヒットラー。ヒットラーとはどんな人間だったのか。ヒットラー誕生からその死まで、骨太な筆致で描く伝記漫画。

ねにもつタイプ　岸本佐知子
何となく気になることにこだわる、ねにもつ。思索、奇想、妄想はばたく脳内ワールドをリズミカルな名短文でつづる。第23回講談社エッセイ賞受賞。

TOKYO STYLE　都築響一
小さい部屋が、わが宇宙。ごちゃごちゃと、しかし快適に暮らす、僕らの本当のトウキョウ・スタイルはこんなものだ！　話題の写真集文庫化！

自分の仕事をつくる　西村佳哲
仕事をすることは会社に勤めること、ではない。仕事を「自分の仕事」にできた人たちに学ぶ、働き方のデザインの仕方とは。（稲本喜則）

世界がわかる宗教社会学入門　橋爪大三郎
宗教なんてうさんくさい⁉　でも宗教は文化や価値観の骨格であり、それゆえ紛争のタネにもなる。世界宗教のエッセンスがわかる充実の入門書。

ハーメルンの笛吹き男　阿部謹也
「笛吹き男」伝説の裏に隠された謎はなにか？　十三世紀ヨーロッパの小さな村で起きた事件を手がかりに中世における「差別」を解明。（石牟礼道子）

増補　日本語が亡びるとき　水村美苗
明治以来豊かな近代文学を生み出してきた日本語が、いま、大きな岐路に立っている。我々にとって言語とは何なのか。第8回小林秀雄賞受賞作に大幅増補。

子は親を救うために「心の病」になる　高橋和巳
子は親が好きだからこそ「心の病」になり、親を救おうとしている。精神科医である著者が説く、親子という「生きづらさ」の原点とその解決法。

クマにあったらどうするか　姉崎等　片山龍峯
「クマは師匠」と語り遺した狩人が、アイヌ民族の知恵と自身の経験から導き出した超実践クマ対処法。クマと人間の共存する形が見えてくる。（遠藤ケイ）

脳はなぜ「心」を作ったのか　前野隆司
「意識」とは何か。どこまでが「私」なのか。死んだら「心」はどうなるのか。――「意識」と「心」の謎に挑んだ話題の本の文庫化。（夢枕獏）

しかもフタが無い　ヨシタケシンスケ
「絵本の種」となるアイデアスケッチがそのまま本に。くすっと笑えて、なぜかほっとするイラスト集です。ヨシタケさんの「頭の中」に読者をご招待！

杉浦日向子ベスト・エッセイ　杉浦日向子

初期の単行本未収録作品から、若き晩年、自らの生と死を見つめた名篇までを、多彩な活躍をした人生の軌跡を辿るように集めた、最良のコレクション。

お江戸暮らし　杉浦日向子

江戸にすんなり遊べる幸せ。漫画、エッセイ、語りと江戸の魅力を多角的に語り続けた杉浦日向子の作品群から、精選して贈る、最良の江戸の入口。

向田邦子シナリオ集　向田邦子　向田和子編

いまも人々の胸に残る向田邦子のドラマ。「隣りの女」「七人の刑事」など、テレビ史上に残る名作、知られざる傑作をセレクト収録する。（平松洋子）

甘い蜜の部屋　森茉莉

天使の美貌、無意識の媚態。薔薇の蜜で男たちを溺れ死なせていく少女モイラと父親の濃密な愛の部屋。稀有なロマネスク。（矢川澄子）

貧乏サヴァラン　森茉莉　早川暢子編

オムレット、ボルドオ風茸料理、野菜の牛酪煮……。食いしん坊茉莉は料理自慢。香り豊かな〝茉莉ことば〟で綴られる垂涎の食エッセイ。文庫オリジナル。

紅茶と薔薇の日々　森茉莉　早川茉莉編

天皇陛下のお菓子に洋食店の味、庭に実る木苺……森鷗外の娘にして無類の食いしん坊、森茉莉が描く懐かしく愛おしい美味の世界。（辛酸なめ子）

遊覧日記　武田百合子　武田花・写真

行きたい所へ行きたい時に、つれづれに出かけてゆく。一人で。または二人で。あちらこちらを遊覧しながら綴ったエッセイ集。（巖谷國士）

ことばの食卓　武田百合子　野中ユリ・画

なにげない日常の光景やキャラメル、枇杷など、食べものに関する昔の記憶と思い出を感性豊かな文章で綴ったエッセイ集。（種村季弘）

クラクラ日記　坂口三千代

戦後文壇を華やかに彩った無頼派の雄・坂口安吾との、嵐のような生活を妻の座から愛と悲しみをもって描く回想記。巻末エッセイ＝松本清張

妹たちへ　矢川澄子ベスト・エッセイ　矢川澄子　早川茉莉編

澁澤龍彥の最初の夫人であり、孤高の感性と自由な知性の持ち主であった矢川澄子。その作品に様々な角度から光をあて織り上げる珠玉のアンソロジー。

わたしは驢馬に乗って下着をうりにゆきたい　鴨居羊子

新聞記者から下着デザイナーへ。斬新で夢のある下着を世に送り出し、下着ブームを巻き起こした女性起業家の悲喜こもごも。（近代ナリコ）

遠い朝の本たち　須賀敦子

一人の少女が成長する過程で出会い、愛しんだ文学作品の数々を、記憶に深く残る人びとの想い出とともに描くエッセイ。（末盛千枝子）

神も仏もありませぬ　佐野洋子

還暦……もう人生おりたかった。でも春のきざしの蕗の薹に感動する自分がいる。意味なく生きても人は幸せなのだ。第3回小林秀雄賞受賞。（長嶋康郎）

私はそうは思わない　佐野洋子

佐野洋子は過激だ。ふつうの人が思うようには思わない。大胆で意表をついたまっすぐな発言をする。だから読後が気持ちいい。（群ようこ）

色を奏でる　志村ふくみ・文　井上隆雄・写真

色と糸と織——それぞれに思いを深めて織り続ける染織家にして人間国宝の著者の、エッセイと鮮かな写真が織りなす豊醇な世界。オールカラー。

老いの楽しみ　沢村貞子

八十歳を過ぎ、女優引退を決めた著者が、日々の思いを綴る。齢にさからわず、「なみ」に、気楽に、と過ごす時間に楽しみを見出す。（山崎洋子）

おいしいおはなし　高峰秀子編

向田邦子、幸田文、山田風太郎……著名人23人の美味な思い出。文学や芸術にも造詣が深かった往年の大女優・高峰秀子が厳選した珠玉のアンソロジー。

パンツの面目ふんどしの沽券　米原万里

キリストの下着はパンツか腰巻か？　幼い日にめばえた疑問を手がかりに、人類史上の謎に挑んだ、抱腹絶倒&禁断のエッセイ。（井上章一）

新版 いっぱしの女　氷室冴子

時を経てなお生きる言葉のひとつひとつが、呼吸を楽にしてくれる——。大人気小説家・氷室冴子の名作エッセイ、待望の復刊！（町田そのこ）

真似のできない女たち　山崎まどか

彼女たちの真似はできない、しかし決して「他人」でもない。シンガー、作家、デザイナー、女優……唯一無二で炎のような女性たちの人生を追う。

土曜日は灰色の馬　恩田陸

顔は知らない、見たこともない。けれど、おはなしの神様はたしかにいる――。あらゆるエンタメを味わい尽くす、傑作エッセイを待望の文庫化！

この話、続けてもいいですか。　西加奈子

ミッキーこと西加奈子の目を通すと世界はワクワク、ドキドキ輝く。いろんな人、出来事、体験がてんこ盛りの豪華エッセイ集！（中島たい子）

なんらかの事情　岸本佐知子

エッセイ？　妄想？　それとも短篇小説？……モヤッとするのに心地よい！　翻訳家・岸本佐知子の頭の中を覗くような可笑しな世界へようこそ！

絶叫委員会　穂村弘

町には、偶然生まれては消えてゆく無数の詩が溢れている。不合理でナンセンスで真剣だからこそ可笑しい、天使的な言葉たちへの考察。（南伸坊）

柴田元幸ベスト・エッセイ　柴田元幸編著

例文が異常に面白い辞書。名曲の斬新過ぎる解釈。そして工業地帯で育った日々の記憶。名翻訳家が自ら選んだ、文庫オリジナル決定版。

翻訳教室　鴻巣友季子

「翻訳をする」とは一体どういう事だろう？　第一線の翻訳家とその母校の生徒達によるとっておきの超・入門書。スタートを切りたい全ての人へ。

買えない味　平松洋子

一晩寝かしたお芋の煮っころがし、土瓶で淹れた番茶、風にあてた干し豚の滋味……日常の中にこそある、おいしさを綴ったエッセイ集。（中島京子）

杏のふむふむ　杏

連続テレビ小説「ごちそうさん」で国民的な女優となった杏が、それまでの人生を、人との出会いをテーマに描いたエッセイ集。（村上春樹）

たましいの場所　早川義夫

「恋をしていいのだ。今を歌っていくのだ」。心を揺るがす本質的な言葉。文庫用に最終章を追加。帯文＝宮藤官九郎　オマージュエッセイ＝七尾旅人

うれしい悲鳴をあげてくれ　いしわたり淳治

作詞家、音楽プロデューサーとして活躍する著者の小説＆エッセイ集。彼が「言葉」を紡ぐと誰もが楽しめる「物語」が生まれる。（鈴木おさむ）

おいしいおはなし――台所《だいどころ》のエッセイ集《しゅう》

二〇一四年一月十日　第一刷発行
二〇二五年六月十日　第五刷発行

編　者　高峰秀子（たかみね・ひでこ）

発行者　増田健史

発行所　株式会社　筑摩書房
東京都台東区蔵前二―五―三　〒一一一―八七五五
電話番号　〇三―五六八七―二六〇一（代表）

装幀者　安野光雅
印刷所　三松堂印刷株式会社
製本所　三松堂印刷株式会社

ISBN978-4-480-43135-6　C0177

ちくま文庫